SUSANA VIERI

Román cabalga sobre la palabra Oportunidad

EDITORIAL VINCIGUERRA

Susana Vieri como rebelde
estudiante de periodismo y
relaciones públicas no llegó a
encontrar en esas formas de
comunicación su camino.
La poesía, que la acompañó
desde siempre, tampoco le
alcanzó para descubrir en las
metáforas las visiones que
crecían año a año.
De pronto las historias se
agrandaron de tal manera
que el cuento irrumpió como
la señal que le indica cómo
continuar.
Es entonces cuando su mente
vuela hacia la novela **Román
cabalga sobre la palabra
oportunidad**. El sueño recién

ROMÁN CABALGA SOBRE
LA PALABRA OPORTUNIDAD

Dibujo de tapa: *Martha Bellini*

Diseño de tapa: *Mario Horacio Spina*

I.S.B.N. 950-843-120-2

© 1995 by EDITORIAL VINCIGUERRA S.R.L.
Av. Juan de Garay 3760 - Tel. 921-5306 - 1256 Buenos Aires
Queda hecho el depósito que marca la Ley 11.723
Impreso en Argentina. Printed in Argentina

Composición tipográfica y armado: *Osmar Luis Bondoni*

Se terminó de imprimir en el mes de agosto de 1995 en
Palabra Gráfica y Editora S.A.,
Castro 1860, Buenos Aires, Argentina

SUSANA VIERI

ROMÁN CABALGA SOBRE LA PALABRA OPORTUNIDAD

EDITORIAL VINCIGUERRA

Colección Vanguardia

PRÓLOGO

Intentar expresar el impacto que la lectura de un texto provoca es una ardua tarea, sobre todo si esto debe hacerse en un espacio breve que sólo atina a ofrecer una acotada porción en blanco para consignar las múltiples impresiones recogidas. Si a ello se suma que la obra en cuestión es profunda en el contenido y monolítica en su construcción, entonces el compromiso que se contrae es un desafío.

Más allá de la historia que refiere donde realidad, ficción, contingencia, se muestran con límites imprecisos y, a veces, conviviendo osadamente, Román cabalga sobre la palabra oportunidad, prolija e inteligentemente elaborada por Susana Vieri, propone al lector una sugestiva labor de descubrimiento que comienza en la primera página y no cesa de acicatearlo hasta el final —y aún allí lo invita a más—. Le acerca una propuesta original, asentada en un repertorio de símbolos y sutilezas que sólo el lector podrá interpretar y trasladar al plano de lo manifiesto. Le brinda la posibilidad, si acepta el reto, de encontrarse con una diversidad de sentidos que se cruzan en un mágico juego donde las situaciones y los protagonistas se confrontan y se mimetizan con el inusitado valor que puede asumir el tiempo, sea éste el de un instante o el de la eternidad pero ambos irremediablemente atados a un destino común: la fugacidad de lo humano.

Los personajes, ávidas criaturas hechas de carne y hechas de huesos —por eso emergen creíbles— no se distancian del mundo cotidiano, no se alejan del lugar natural por el cual van los trasnochados habitantes de la ciudad y a pesar de transitar laberínticos territorios donde la escena montada es siempre el reflejo de otra escena —la del universo privado—, que los preexiste y determina, pueden ser el espacio donde reunirse con un interlocutor válido.

Conocedora de la particular significación de los tiempos narrativos, la autora los explora, los indaga, los hace estallar a través de un discurso que fluye inagotable y que obliga, a quien se interne en la aventura que implica leer esta novela, a convertirse en un interlocutor comprometido y ¿por qué no? atrapado en la dramática de las existencias que, a veces plenas, a veces descarnadas, entrega.

Mizkyla Lego

Si me destapan puedo escapar como un genio hacia afuera en busca de la forma de mi cuerpo. No me pregunto nada, ni por qué los veo y puedo escucharlos.

Desde esta luz sin forma percibo lo odioso que fue regalarle el tiempo a las cosas inventadas, corporizadas por mi mente ociosa y desprotegida de afecto.

Aquella vasta necesidad de ponerse de pie día a día para darles a los demás menos de lo que nos enseñaron y así arribar a los años por la mitad, con desconocidos que firman como amigos.

Dicen que la espera es larga, pero si algo sé, es que más extenso les parecerá el camino que los traiga aquí.

Sé que vertí las últimas horas en un vaso de papel, y como esclavo de no sé quién, devoré el nombre que me daban. Mientras los otros compraban mis días en ocasión al prestar la victoria de mis sueños para adornar los salones de otro "jet set".

¿Podría cabalgar nuevamente sobre la palabra oportunidad?

¿Quién no ha querido ser alguna vez dueño del sol?

¿Quién no se ha dicho?: "Eso no puede pasarme".

Ahora sé que estoy incompleto como mi obra y que es imposible escribir mi último capítulo de nuevo.

Con seguridad, anterior a lo humano surgió de las entrañas de la tierra la ilusión para rebotar entre milenios y derrotas. Por suerte no tuvo tan sólo días para extinguirse en el vacío.

Al quedarnos en su sangre y dejarla procrear en el tiempo, pudimos recoger apenas los gorriones del deseo.

Mientras el verde sombreaba el llanto del hombre.

Anterior a la locura existió la razón; por eso, le robamos la imagen al silencio para aprender a perdonar, al niño destructivo.

¿Hoy, dónde estoy? ¿Qué vena me conduce? ¿En qué sustancia me convierto mágico?

Acompañado, creo sentirme en las primeras luces que opacan mi pensamiento corrido y en el parpadeo de este lenguaje que golpea los biseles de la memoria.

Cuánta inmediatez del humano para arrojar el sol de la tierra y ceder la mitad de su vida en estúpidas quimeras.

Anterior a mi esencia hubo quien persiguiera ya la esquiva figura de la prosa; posiblemente después otro ser se ha de sentir invadido con la efervescencia que nublara su razón de éxitos.

Una tarjeta bajo el mentón dirá si fui dotado de la gracia que revolotea alrededor de mi obra y la desdibujada firma que ya no importa...

¿Dónde podía estar ahora Román? ¿Existía un lugar en el cual él pudiera verla, no tan sólo a ella sino a todo lo demás?

Qué estúpidas preguntas se hace uno cuando ve a la muerte de costado y no necesita oler su ropa para estar seguro, porque se adivina la tierra ahí nomás.

La costanera no parece la misma desde ayer, el agua más retirada y sin los nubarrones para agitarla no se esboza igual por el parabrisas. ¿Pero parecida a qué? ¿A la que veía cuando iba hacia su casa a corregir los capítulos que él aseguraba que estaban perfectos? ¿O a la que visitaba los fines de semana para pescar?

Era inútil, no podía definir a cuál se refería, tampoco por qué llegó a recordar los detalles de su manera de vivir y la casi ignorancia sobre ella, en esa tarde interminable, desde que subió al auto.

Y lo que presume va a ser la noche cuando su mente se enfríe y el moretón inflamado de la noticia haga latir por fuera y por dentro lo que quedó atrapado de todo eso.

¶¶ Román, quisiera decirte que no puedo, que no quiero vaciar mi mente. Que me duelen las horas desde el jueves, pero también sería decir que esperé por tus cosas y no lo entenderías.

Un hombre como vos pasó debajo de mi ventana, lo he mirado tanto que creo que me ha visto. Un hombre más, no voy a describirlo; sólo diré que tenía en la mano una maleta y un libro.

En el sopor de la siesta medito a la sombra de las dudas mis renuncias, porque nunca era el tiempo.

Mereces la paz anillante y fría que te envuelve, mendigo de pan tierno y soberano de corazón fiero. Eso fuiste dentro de mi espacio y cuando todo te quedó chico inventaste el delirio de tu cuerpo.

Espero que mi odio te siga hasta donde hayas ido, y si podés escucharme, cien veces te maldigo. ¶¶

*Aquella última pelea no tuvo mucho sentido, Aldana. Siempre
admiré tu talento y no supe que te odiaba. Pero si fue así, ¿por qué
dejarlo crecer durante ocho años?*

*Hoy puedo perdonar la mala lectura de mis textos, ya que era tu
soberbia la que destruía mi estrategia de composición.*

¿Podés oírme, Aldana, o es tu mente que rebota en la mía?

¶¶ Que me condenen al infierno si hay un lugar al lado tuyo
esperándome. Ya tuve suficiente del egocentrismo de un novelista
casi vulgar. Eso sí, muy redituable.

Si algo me hubiera gustado decirte, es que este último trabajo es
el mejor, en busca de tu espacio. ¶¶

*Esta idiota cree que fue mi elección. Ojalá se le queme un transistor
y sepa la asfixia que provoca en cada neurona.*

*Nada mejor que una buena mujer para maldecir a un pobre
hombre.*

¶¶ Estoy segura de que cada uno de los regalos de cumpleaños se
los compraba la vieja secretaria, por docenas. Así no quedaba mal con
nadie, cuando se olvidaba. ¶¶

*La ingratitud puede llegar a ser sabia. En fin, allá ella si no le
gustaron.*

*Por lo menos los tenía previstos, que es mucho decir de sus
atenciones atrasadas, como insaciable compradora de corbatas.*

¶¶ ¿Qué es esto? Otro cheque rebotado. Seguramente el adelanto
por el número seis de literatura pasatista incompleto, se lo debe haber
gastado aquel fin de semana en Las Leñas, vaya a saber con qué obesa
intelectual. ¶¶

*No merece vivir, pero tampoco estar acá. Tiene que haber un lugar
para esta clase de bichos resentidos.*

14

¶¶ Si me animara podría hacer algo bueno de sus apuntes.

No, mejor no; el maldito dejaría el pozo donde flota para girar mi cabeza trescientos sesenta grados. ¶¶

Seguro que sí. Además no harías un texto medianamente bueno y se darían cuenta de que... Un momento, ya lo hiciste antes, con mi más furibundo reproche. ¡No te atrevas, desgraciada mascota de biblioteca, mi sarna te alcanzaría de alguna forma!

¡Te lo advierto, no sigas con esa idea!

¶¶ ¿Qué puede pasar? Él está ahí y yo acá. La evolución de la historia no me ocasionaría demasiados problemas.

Sus finales eran siempre tan previsibles que remataba las últimas dos páginas con un sudoroso lenguaje sexual.

Claro que si por algún motivo no llegaran a eso... ¶¶

¡Ah no!, de ninguna forma. No vas a destrozar la novela con tu falta absoluta de experiencia amorosa. Si es necesario, letra a letra haré el camino que me lleve dentro de ese cuerpo regordete y blanco.

¶¶ En la tapa, en lugar de dos cuerpos trenzados como dos tiras de muzzarella puedo poner una fuente con agua sucia y hojas ahogadas. ¶¶

En una fuente de agua sucia es donde voy a meter tu cabeza hasta que flote.

¶¶ Y como no le ponía título hasta escribir la última línea, lo llamaré "Dos Mundos"; suena irreal, casi intrigante.

Querido Román, espero aceptes mi hipócrita disculpa, pero esta vez no habrá final feliz. ¶¶

Si de algo estoy seguro es de que no tendrás ningún final feliz, y como decía mi abuela: "Los callos de mis pies se volvieron aves de rapiña, para sobrevivir en la tierra que quedó de ti."

Ni café toma, para aclararse la mente. ¡Seguro eso le reactivaría la gastritis en sus horas libres!

La tarde se pierde frente al verde del balcón, una ducha es lo mejor para desentumecer su espalda presionada durante horas.

El agua resbala sobre su cabeza, se siente tibia al llegar a las piernas; cuando los pies la reciben caliente, manotea las manijas para enfriarla, pero no logra controlar la temperatura. El vaho la sofoca, corre la mampara en busca de la bata; envuelta, se sienta en el piso boqueando y maldiciendo las cañerías. El calor se mantiene dentro de ella, como una marea que amenaza salir por sus ojos.

Camina lentamente hacia el *freezer* y abre un pote de helado. ¡Qué asco, frutilla!

Enciende un cigarrillo y la menta le revuelve el estómago. ¡Qué raro!

Sin saber por qué, se acerca al bar y sirve un cognac, que hace más de dos años guarda para las posibles visitas.

El líquido rosado y ardiente penetra como un bálsamo; se sienta en la alfombra oriental con las piernas cruzadas, recostando la cabeza en el almohadón del sillón de pana.

Las gotas que se escurren de sus cabellos, caen sobre las manos desmayadas en la falda.

Siente el aire de la calle que se absorbe por cada uno de los poros de su extensa piel. Quizá se brote toda, como aquel verano en Brasil.

La modorra supera la intriga del fenómeno y los párpados se hunden en su propia noche.

Bueno, Aldana, después de todo no sos tan fría. Qué increíble que detrás de esos sueltos trajecitos se escondiera tan fina materia.

Me gustaría hablarte si es que tu ataque de histeria no me detiene en el intento.

No sé cómo, pero estoy muy cerca. No vayas a saltar por el balcón, recordá que estás en un cuarto piso. ¿Podés escucharme?

Este departamento es demasiado grande para vos sola.

*Con esa biblioteca ocupando todas las paredes. No me gusta la
encuadernación tan a tono, y esos cuadros iluminados...*

*Y lo que es peor aún, ese aparato almacenando vivencias para
vomitarlas cuando aprietes el botón, siempre está encendido. Es tu
obsesión más nítida.*

¶¶ Otra pesadilla. Cuándo se acabará el castigo de haber conocido
a ese hombre.

Esto no puede estar pasando. Tal vez es una premonición onírica
cumplida, de la psicopatología cotidiana de Freud; gracias a la
obsesión que reportó en mi vida el desgraciado ególatra. ¶¶

¿Sabrá esta tonta lo que quiso decir de sí misma?

El sonido del portero eléctrico la hace levantar de golpe y correr
hacia la cocina:

—¿Quién es?

—El eximio editor del extraño genio desaparecido.

—Podés pasar si dejás tus chistes en la calle.

—De acuerdo, te prometo ser...

—No prometas nada... Mauricio López.

—López Miró... no te olvides.

Lo que faltaba para terminar ese horrendo día era el superdotado
de la editorial de Papá Oso. Mejor que se vistiera antes de que pensara
que lo quería seducir.

—Hola, Aldanita, me decidí a venir porque pensé que, quién sabe,
tenías algo para mí.

—Te dije que la traducción no estará lista hasta el martes.

—No es sobre la traducción; es que como vos tenías acceso a todo
el material de Román, pensé que tal vez habías encontrado...

—¿Qué?

—Bueno, sabíamos que le faltaba poco para terminar su libro...

—Sí, ¿y?

—Y vos eras mucho más que una secretaria.

—Gracias a Dios, pero mucho menos que su amante. Por lo tanto,
no tengo nada que darte.

—¿Creés que lo destruyó?

—¿Por qué? Él no sabía lo que le iba a pasar.

—Entonces tenés que buscar sus trabajos, quizás yo pueda hacer algo con ellos.

—¿Como qué?

—Si estaban avanzados, con un simple final lo edito como su obra póstuma. Nosotros no hacemos beneficencia, y éste nos colgó sin forma de recibir nuestra cuota.

—Si buscás dónde poner a llorar tu bolsillo, te equivocaste de banco.

—Tu lengua empeora con los años...

—Por eso, me doy el lujo de echarte sin remordimiento.

—¡Los trabajos de ese vago tienen que aparecer!

—Me pregunto qué vio en ustedes para confiar tanto.

—Nunca confió tanto, era muy astuto...

—Nadie puede superar la astucia de Mr. Simplón y su domesticado vástago. Adiós.

—Sí, bueno, pero buscalos. Hasta el martes.

Respiraba mejor dentro de su aireada casa, sin la presencia de aquel tipo.

Se dirige pausadamente hacia el secreter y toma la carpeta con los borradores de Román.

Abre en la página 63 y comienza a leer, mientras en su mano derecha sujeta un marcador negro para las correcciones.

¶¶ Voy a tener que rehacer esta escena, un beso sin demasiadas consecuencias y discuten el dominio de "Manantiales" con sutileza. ¶¶

No, dejá que se peleen, la reconciliación es toda mía.

En el fondo tu caudal de hormonas me lo agradecerá.

Eso sí, podés insinuar gestos, exclamaciones, no demasiado exageradas. Casi casi como si... Pero a quién se le ocurre estornudar en medio de un beso. Hasta las cosquillas me llegaron. Lógico, se te enfrió la idea.

Quizá la única forma de que entiendas es así. Esto va a darte vuelta la membrana hasta dejarte con menos aliento que en la ducha.

¶¶ Tengo fiebre, no sé, algún virus que me pesqué en el sanatorio. Tal vez otra clase de alergia, pero no tengo ronchas. Me cosquillea todo el cuerpo y me arde la piel. Estoy muy enferma. ¶¶

Sí, enferma de no hacer nada.
Con esta sensación de humana terminá de leer la secuencia, aunque nunca te convenzas de que esa página puede ser tuya.

¶¶ Un pedazo del demonio de él se me quedó pegado. Hasta parece que por una increíble simbiosis, me excita sin la excusa de su cuerpo. Suena tan vulgar como si lo dictara en mi oído. ¶¶

Página 64.
Federico le responde acaloradamente, mientras ella sonríe sin apresurarse para contestar:
—Marisabel, no habrá quién la salve cuando yo acabe con usted; reconozca que debe pagar la deuda.

Tengo miedo de reconocer las palabras que estás armando.
Usás ese marcador con demasiada desfachatez. Pensá; no, mejor no pienses. Sentí, palpitá la escena entre los dos.
No te dejes arrastrar por tu intelecto.

¶¶ En realidad yo lo diría así...
—El germen de la vanidad enmarca el legado de su vida pasada. Si logra cambiar aquí estaré, para que pague su deuda. ¶¶

Es espantosa. No entiendo cómo podés elaborar un sentido tan rebuscado. La idea original es más real.

¶¶ A veces no sé lo que hago. ¿Por qué me preparé un amargo café con crema? Jamás lo tomé antes; bueno, quizá esté perdiéndome de algo. ¶¶

Seguro que sí, Miss té con limón.

¶¶ Qué rara expresión se me ocurrió para definir mi adicción al té negro de Ceilán. Miss té con limón. Suena simpático. ¶¶

¿Cómo equilibrar tu tristeza cotidiana?
Excelente pregunta para la apertura de la página 66.
Fácil para poner tu experiencia personal, gatita de zaguán.

Aldana continúa leyendo el diálogo de la novela:
—Hoy podrá equilibrar su desazón, querida, aceptando que seré el dueño de todos sus días.

¶¶ Creo que mi prosa puede darle más brillo al improvisado estanciero. Diría algo como:
—Mi experiencia de jugador servirá para que acepten en la negrura de la sociedad de la gran aldea, que puedo ser su dueño. ¶¶

No, ya es demasiado para la boca del pobre tipo. Parece un pan con dulce de leche, sobre un traje de Armani.
La mía es más redondita. Releela.

—El juego me dejó una enseñanza, "hoy es el único día", mañana no importa. Si la aprovechamos bien, la memoria no nos jugará una mala pasada dentro de algunos años.

¶¶ Sí, suena creíble. Aunque a ella puedo ponerle una respuesta más... ¶¶

Hace un llamado y anota en el margen.

A toda costa querés recalcar lo desparejo del terreno con el buscador de oportunidades, ¿verdad?

—A usted puede fallarle la memoria, ya que el mareo de su nueva condición no parece dejar de girar. Yo sigo siendo la hija del que fuera dueño de estas tierras. Mi situación económica cambiará cuando yo lo decida.

—Es verdad, puede continuar como hasta ahora, con un gran apellido al lado del suyo, o aceptar el destino que le ofrezco, con la peculiar mezcla de locura que generamos cuando estamos juntos.

Eso sonó bárbaro, la marioneta está a punto de cortar sus hilos.
Se está apropiando de mi lenguaje o acaso empieza a reconciliarse con mi estilo. Creo que voy a transformar una lagartija en un temible dinosaurio.

—Si aceptara su propuesta, Federico, cuál es el nuevo precio.
—Bien, Marisabel, es muy sencillo: jamás incluirá matrimonio.

¶¶ ¿De dónde saqué que no lo incluye? ¿Cómo llegó eso al papel? ¶¶

No importa cómo, allí está. Tiene que pagar hasta tanto él no decida hacerla una mujer honesta.

¶¶ Esto es estúpido, estoy discutiendo conmigo misma. De ninguna forma una mujer tiene que demostrar así su rendición. ¶¶

Lo siento, pequeña lagartija de patio, quizá un poco de ardor te convenza de mi mala intención.
Podés usar el marcador todo lo que quieras, pero no por eso voy a dejar que hagas un mamarracho del diálogo.
Hey, ¿qué hacés? Tu prosa no sirve para este estilo.
Vas a quedar en ridículo si se hace muy evidente tu papel de ladrona.
Andá a atender, distraete un rato, no te empecines con esta escena. Andá, no hagas que intervenga otra vez.

El teléfono suena por quinta vez. Aldana no se apresura para contestar, no desea entablar una conversación con nadie.

La insistencia del otro, la decide a levantar el tubo:

—Hola, ah, mamá, ¿sos vos?

¿Qué te pasa? No, no otra vez...

Se te está yendo la mano. En lo que va del año vino cuatro veces a dormir acá.

No, no me pongo de parte de él. Quiero saber por qué después de discutir, se despiden para siempre y luego de unas semanas, se les olvida lo que pasó.

Ahora es la definitiva.

Me lo imaginaba. Bueno, mamá, eso seguramente ya lo sabe por vos, lo demás es un poco fuerte para que se lo transmita su hija.

Claro que me niego a ser tu intermediaria. Él es mi padre, ¿te acordás de eso?

De acuerdo, ahora estoy trabajando.

Sí, yo también, mamá.

¶¶ Debí seguir el primer consejo que me dieron. Casarme joven y odiar el hecho el resto de mi vida. Mi hermano nunca tuvo estos problemas, a los diecinueve se embarcó y todavía nos carteamos. ¶¶

Ahora que puedo olfatear uno que otro lugar de tu vida, reconozco tu perfume rancio. Creo que fui muy áspero al juzgarte, no hay peor mamada que la que nos trae al mundo.

Ahí está el timbre otra vez. Mejor sacá tu armadura, porque no vas a poder zafar de un nuevo torneo.

¶¶ Mi armadura, qué buena imagen para lo que siempre uso ante la gente, cuando me pelotean de campo a campo. ¶¶

El timbre vuelve a sonar con una insistencia inusual, dos largos y tres cortos. Sólo alguien de su familia conocía esa contraseña, y empezó a imaginar la figura de su padre dentro de un impecable traje oscuro con chaleco y su incondicional amiga, la maleta azul.

La sonrisa de su hermano ilumina el pasillo cuando grita:

—Ita... ya estoy acá...

—Quiel... la última persona que esperé hallar detrás de la puerta. ¿Cómo estás, querido? Cuánto te extrañé...

—Yo también, y si después de siete años volví, es sólo por vos.

Aún seguían abrazados mientras hablaban; la emoción eran nítidas gotas que humedecían el aire.

No hay mejor manera que alejarse para evaluar las estupideces nuestras y ajenas. Te lo digo yo que, desde no sé dónde, tengo los ojos tan abiertos que me duelen por no usar lágrimas para lavarlos.

Sonó metafórico. No, si lo único que me falta es que se me pegue tu cal y arena,

¿Qué hacés, querida? Vamos, no es para tanto. Mirá que no estás acostumbrada, tres copas de cognac es mucho para cualquiera.

Estás dándome el absoluto dominio de tu consciente.

Es inimaginable lo que puedo hacer con tus palabras.

Vos te lo buscaste.

—Ita, estás diferente, ya casi no conozco a la personita que dejé.

—Las cartas no pueden decir más de lo que uno quiere ocultar. Arribé sola a la orilla equivocada y no volví al agua ni una maldita vez.

No entiendo por qué mi nombre parece filtrarse en aquella orilla. Me hiciste creer que te odiaba, me convenciste de que era la manera de no involucrarnos. Un manejo magistral de las enseñanzas adolescentes de tus viejos; pienso que quizá, hasta fuimos amigos.

Y como alguien dijo: Hágase la luz...

—Creo que ya tomaste demasiado, Ita; a vos nunca te gustó el coñac, ¿o sí?

—Cómo podías saberlo. Román tenía razón, hace que uno flote en la verdad del otro y naufrague en la propia.

—Tenés razón, pero...

—¿Pero qué?

—¿Por qué no te acostás?

—Hermano, que el remordimiento de tu ausencia no ocupe el lugar de tu alegría. Me voy a la cama, como ves, sola.

No tan sola, seré el silencio que como fugaz rayo incendiará las cortinas de tu cuarto en la mañana. Romperé así, las cadenas oxidadas y ofendidas de tus retos para masticar la pena que ahora puedo reconocer.

Pretendo emparchar las heridas y si me dejás, aunque no hay mucho tiempo, conducirte hacia un terreno liso.

El sol vagabundea por el reloj parado de sus ganas. Ya es hora de enfrentarse a las culpas del monótono tic-tac de otro día.

¿Cómo estás, princesa? Seguramente con un aplastante dolor de cabeza. Vamos, tratá de abrir tus cielitos nublados. La primera borrachera es como tener el primer hijo. Se concibe con sublime necesidad. Duele con absoluta convicción, al dejar salir lo que lleva-mos dentro. Al fin, la luz nos encandila, el cuerpo pierde su rigidez y sólo nos queda el goce del comienzo y la experiencia de soportar el fi-nal. Bueno, eso dicen...

¶¶ ¿Por qué tuviste que irte antes de que te lo dijera? Siempre tan inoportuno, el alcohol limpió el vidrio que aplastaba mi cerebro, no tengo derecho de escribir esas páginas, no tengo fuerzas ni ganas de cargar con todo eso. ¶¶

No me abandones. Quiero que me hagas la guerra, que me de-sespere tu forma de complicar mi estrategia.
Quiero que vos la termines antes de que lo haga el gusano de Mauricio.
Vamos, caminá hasta el balcón y sentate a leer. No intervendré en la apropiación del espacio narrativo, sólo seré un espectador, es mi promesa y mi regalo.

Para el mediodía aún seguía acostada, fermentando la trama y resolviendo el acertijo final. ¿Qué podía interponerse en su ima-ginación? Ningún cuestionamiento parecía demasiado conflictivo.

El inalámbrico a los pies de su cama suena por primera vez y lo toma, aunque sin intención de contestar:

—Aldana, soy Mauricio, contestame, sé que estás ahí. Encontré algunos borradores de Román en su departamento. Creo que con esto puedo armar algo, ¿me oís?

—¿Cómo entraste?

—Eso no importa. Lo que quería pedirte es que esto quede entre nosotros, ¿entendés?

—No, no entiendo, porque yo tengo los originales terminados.

—¿Estás segura de que no le falta ningún capítulo?

—Muy segura.

—Mañana los iré a buscar.

—No voy a estar en todo el día, mejor nos vemos el miércoles en tu despacho.

Bien hecho, Aldana; así se maneja a ese desgraciado. Ahora que sabés tu límite, tendrás que nadar furiosamente para llegar a la otra orilla. A la cual tampoco te animaste nunca.

¶¶ Listo, todo arreglado, comienzo la desenfrenada carrera para terminar tu novela. No sé si podrás o no estar de acuerdo con mi decisión, pero ya nada va a cambiarla. ¶¶

—¿Qué creés que estás haciendo, Quiel?

—Tengo un vago recuerdo de ese tipo, Román; nunca me cayó bien, cuestión de piel, que se le dice.

¿Piel? Armazón de rinoceronte es lo que recubre su sensibilidad.
Esto es magnífico, que a éste se le ocurra opinar como un paranoico con tratamiento equivocado.

—Leía algo de la carpeta que dejaste aquí anoche. Está sin terminar.

—Murió hace unas semanas.

—Por lo que escuché de tu conversación telefónica, la pensás terminar vos.

—Sí. Si no, lo va a hacer su editor.

—Y eso qué puede importarte.

—Mucho. Presiento que de los dos males, me elegiría a mí.

—Eso es una excusa que te das para no sentirte mal.

—No tengo ganas de discutir, Quiel.

—Tuvimos una gran escuela sobre eso. Cuando me embarqué, sentí que te abandonaba con dos eternos pacientes de analista, después supuse que te arreglarías bien.

—Supusiste mal, aquí me ves en las mismas condiciones de hace siete años. Tu llegada reavivó muchos fuegos artificiales.

—Lo siento, yo busqué mi lugar en todas partes, y sólo en los parques de Viena, con mi violín al hombro, me tuteé con las cosas no asumidas.

—Entonces, ¿seguís tocando?

—De oído, como todo lo que hago.

—Cuando éramos chicos creía que te conocía, en tus cartas descubrí que mucho era inventado para mí.

—No, eso no es cierto.

—¿Y ahora qué?

—No lo sé. Hay mañanas en que cuando abro los ojos no sé quién soy. Mucho menos si quiero hacer algo.

—¿Seguís sin necesitar a las mujeres?

—Me engrupí varias veces, hasta que acepté que no las necesito.

—Bueno, eso es algo, ¿o no? Voy a preparar café.

—¿Ya no tomás té?

—Por lo menos hasta que termine este libro, no.

—Aldana, no te enojes, pero tener un lazo con Strauss no me hace plagiarlo. Sólo define que soy un fracasado. Te fascina el rol protagónico y lo asumís sin remordimiento.

—Román sacaba a la gente de la cotidianidad con sus gestos y palabras; usaba la seducción para convencer a cualquiera. Si logro plasmar esa franja de su personalidad, considero que no haré el ridículo metiéndome en la piel de otro. En cuanto al enigma, el narrador puede controlar su duración en base a lo ya armado por él.

Debés desarrollar tu defensa contra el exterior. Ese inquilino no debe influir en las secuencias. Su intención no es buena.

· ¶¶ La intención de mi hermano, la intención de Mauricio, la mía, y la muy posible de Román.

¿Cuál tendrá más fuerza, más decisión y, lo que es mejor, más dominio?

Primer paso: leer cada capítulo en busca de las personalidades desarrolladas.

Segundo: interiorizarme hasta dónde puede llegar el enigma.

Tercero: ver si un nuevo integrante del ballet desencadena el final imprevisto. ¶¶

El cuarto, muchacha, es que si no te comprometés, no vas a poder transpirar cada capítulo.

1839 debe estallar en tus entrañas, debés apropiarte de los objetos y confrontar tu historia con el mito.

Esto puede reconciliarte con la vida, a través de otras vidas que también son tuyas.

Cruzá el lenguaje con una realidad diferente, dejá crecer a los personajes hasta que ellos manejen su destino.

Capítulo 20

Un caballo que no pudo reconocer entre las razas que se criaban en el país, entró hasta los jardines algo descuidados que enfrentan las puertas principales de "Manantiales".

Desde la ventana de su salón privado en el primer piso, observó los movimientos del hombre que, regiamente vestido de negro, entregaba las riendas del animal a uno de los peones.

Su chorrera de encaje parecía almidonada como el corbatín color vino. Las manos enguantadas sostenían una funda en la cual, con seguridad, había un arma.

El sombrero de ala ancha cubría parte de su cara y dejaba ver el lazo con el que ataba su coleta.

Sí, era él, no podía ser otro que el autor de esa arrogante carta que aún tenía arrugada entre las hojas de la Biblia.

Señora Marisabel Mariscurrena de Sáenz Paz:

Soy un extraño que el destino ha de llevar muy pronto hasta su casa; decirle mi nombre no hará que deje de serlo para usted.

En una noche de poca fortuna para su hermano, cuando mis naipes eran superiores a los que él estimó, apostó la parte que le correspondía de su propiedad. Y por supuesto perdió. De aquí en más tendrá que compartirla conmigo; es por eso que le haré una visita tal vez un poco larga para su gusto y nos conoceremos mejor.

Sin más se despide.

Federico Hurtado de Mendoza

Lo último que vio de él fue cuando subió los seis escalones de prisa y se escuchó golpear el llamador.

Minutos después la entrada de Dolores confirmaba sus sospechas:

—Señora, ese hombre ya llegó.

30

—Sí, lo sé; dile que bajaré en unos momentos y no le sirvas nada
hasta que yo lo vea.

—Bien, señora, pero...

—Pero qué, dilo...

—No se parece a los demás hombres... es...

—Deja que lo descubra yo, será una buena práctica para mi
dormida capacidad de diversión.

—Sí, señora.

¡Vaya que era alto!; de espaldas, apoyaba las dos manos sobre el
mármol de la chimenea y mantenía muy quieta la cabeza agachada.

—Buenas tardes.

—Muy buenas, señora de Sáenz Paz, ni nombre es...

—Lo sé y quiero que sepa como primera medida que no lo reconozco
como dueño de nada.

—No es usted la que tiene que reconocerlo sino la justicia, y la
firma del escribano que realizó este trato puede demostrar que es
legal.

—La firma de otro desconocido no me confirma nada.

—Señora, usted conoce muy bien al escribano Sacconne; es el
mismo que legalizó la última venta de las tierras al sur del Salado.

—Parece muy informado de mis tratos comerciales.

—Yo diría de sus apremios económicos.

—¿Cuáles son sus pretensiones?

—Vivir aquí.

—De ninguna manera.

—No vine a pedirle permiso; sólo a comunicarle mi decisión.

—Apelaré ese sucio documento entre jugadores sin dignidad.

—Mientras lo hace, viviré aquí una temporada.

—Veremos por cuánto tiempo.

—Señora, no creí que tomara esto de la mejor manera, pero como
parece dispuesta a entablar una lucha, no sé si es oportuno entregarle mi regalo ahora.

—No deseo nada suyo.

—De todas formas quédeselo. Algún día puede necesitarlo...

—Le repito: no lo quiero.

—Lo dejaré sobre la chimenea; es un florete de origen francés que
perteneció a un general de la revolución.

—Guárdeselo donde le quepa.

La sangre de aquella mujer sí que era para tener en cuenta. El
revoleo de faldas al marcharse marcó el final de la entrevista.

Capítulo 21

Un suave olor a vainilla que se desprende de su ropa interior invade aquella ampulosa recámara.

Algunos candelabros arrojan sombras en el salón inmediato, las colgaderas del baldaquín están recogidas en los postes, y las paredes cubiertas de seda floreada hacen juego con el sillón de raso azul en el que ella está sentada. Sobre la mesita a sus pies el documento firmado por su hermano a comienzos de año, establece otro desafío.

Debe enfrentar el momento de conocer a quien compartirá su hogar por un tiempo.

Sus zapatos resuenan en las escaleras de piedra y mármol hacia el comedor principal.

Hubiera deseado ponerse un pañuelo sobre el nacimiento de sus pechos, pero era tarde, el extraño fijaba alternativamente sus ojos en ellos:

—Buenos días, señor Hurtado de Mendoza; veo que ha comenzado ya con el desayuno.

—Así es; pretendo recorrer la propiedad y verificar en qué condiciones está.

—¿Qué puede entender un jugador sobre una hacienda?

—Viví en una hasta los diecisiete y entiendo lo suficiente de caballos.

—Será una desilusión para usted ver los establos.

—Hablaremos de ello cuando regrese. Tenga usted un muy bien día, señora.

—Mucho lo dudo...

El suave pero definido sonido de carpetas y papeles, al tocar el piso,
la distraen de la búsqueda de su agenda personal:

—Ezequiel, ¿qué fue ese ruido?

—Nada, los caballos patinaron y los faroles chocaron contra el
coche.

—Te prohíbo que vuelvas a husmear en los borradores.

—¿Me echarás de un portazo?

—La ventana me parece mejor salida.

Aldana intenta concentrarse nuevamente, hasta que la madrugada la acuna en el mismo capítulo.

La gorda que regenteaba la casa entró con su corsé tan ajustado que apenas si respiraba del susto:

—Señora Marisabel, ese hombre en la cocina, está dando órdenes para el almuerzo. No podemos permitirlo, ¿cierto?

—Dígale que quiero verlo en el jardín, ahora.

Diez minutos después la pobre mujer, acalorada de indignación y de atravesar toda la casa, aparece casi sin aliento:

—Señora, dice que si quiere hablar con él se acerque a la cocina, y agregó que no va a mancharse si no toca nada, como de costumbre.

Ese condenado hombre se había presentado la noche anterior sin la mínima duda de que éste podía ser su nuevo hogar. Si permitía que se tomara atribuciones que no le correspondían desde el comienzo, sería totalmente incontrolable después.

Sin transponer la puerta de la cocina preguntó con gesto de enojo:

—¿Qué es lo que ocurre aquí, señor Mendoza?

—Como verá, estoy dando órdenes para que preparen ciertas comidas que son de mi agrado. No tengo intención de hacérselas comer a usted, si es eso lo que le preocupa.

—Cuando acabe usted de meter las manos en la masa, quisiera tener una conversación en privado en la biblioteca.

—¿Me lo está ordenando, señora?

—Se lo está pidiendo educadamente la dueña de casa.

—Y el dueño de casa le contesta que tendrá que esperar hasta tanto no acabe con los pasteles de faisán.

Dentro de la liviandad de la lana de merino de su vestido, atravesaba la glorieta hacia el cenador. Tenía que respirar muy hondo con cada paso para no estallar y con la rica espada que él le obsequió cubrirlo de sangre.

Cuánta frustración acumulada en esos dos años; ahora toda junta parecía empujar el dique de la cordura.

Debía hallar la forma de sacarlo de allí, pero ¿cómo?

Las horas parecen crear el demonio en la mujer. Tené cuidado, amiga mía, siento que se apodera de vos el poder de la envidia. Más adelante vas a encontrar un nudo casi deshecho, que desatarás para unir lo que se está gestando dentro tuyo.

La brisa que empolva los corredores sacude los mechones sueltos de sus trenzas y simula enfriar el brasero de la venganza.

El ruido del vestido de tafetán advierte la entrada en el salón antes de la cena. El juboncillo apretado resalta el escote que las ballenas levantan.

La mirada de él se hace gatuna y los labios ceden a una sonrisa:

—No entiendo el gesto de su boca y tampoco pretendo que la explique.

—No iba a hacerlo. ¿Podemos pasar al comedor o esperaremos a su esposo?

—Él no toma las comidas abajo, su salud no se lo permite. Antes quisiera aclarar lo que no pude esta tarde ya que no se presentó en la biblioteca.

—Sus pocos pero excelentes caballos me entretuvieron. Le pido disculpas, si eso la molestó.

—Sabe que así fue y no creo en sus disculpas. En cuanto a convivir en esta casa civilizadamente, es necesario que dividamos nuestras vidas. El ala este está ocupada por mis recámaras y las de mi esposo. Además están las de los huéspedes. El ala oeste no se encuentra en buenas condiciones, pero puede usted tomarlas. Con respecto a las comidas, sugiero que si son a distintas horas no habrá roces que nos incomoden.

—Ha estado pensando mucho. Bien, reacomodaré el ala oeste, y también los salones de la planta baja. No son de mi agrado, además de encontrarse muy deteriorados.

—¿Qué pasa con usted? Cree que un papel firmado por un ebrio le da todos los derechos. No aceptaré que redecore nada sin mi consentimiento. Es mi última palabra.

—Y la mía es que haré de la casa y toda la hacienda algo de qué enorgullecerse. ¿Acaso no es eso lo que pretendió cuando se casó con ese pobre hombre?

Con la cabeza agachada dio unos pasos, se quitó lentamente los guantes de seda blancos y golpeó con dureza la mejilla del extraño sin pestañear siquiera. Es verdad que la bofetada de una mujer pica, y hace sentir campanitas en los oídos; antes había conocido esa experiencia, pero no le causaba la gracia de las otras. Significaba más que una declaración de guerra; confirmaba su primera batalla perdida.

Desde la cocina, la voz atildada de Ezequiel quiebra nuevamente
la escena:

—Señora Aldana, la cena está servida.

—Tendré que irme a casa de Román; hasta que me ubique
Mauricio tengo tiempo de armarla y...

—Salmón ahumado, ensalada waldorf, y de postre frambuesas al
rhum.

—¡Uhau!, suena imposible de creer. ¿Qué es esa vena culinaria que
no existe en la familia?

—Dos años en París enseñaron a mi paladar a ser pretencioso.
Vamos, dejá todo y vení a la mesa.

—Con sumo placer, señor.

—Y para acompañar, un chablis helado que embriagará la vena
creadora de la señora, y la comprometerá cada vez más.

—Sí, con vos aquí va a ser muy difícil comprometerme.

*Este monigote inoportuno obstruye constantemente tu trabajo. Me
encantaría usar el florete para metérselo de oreja a oreja.*

*No pude crear aquello por lo cual me recuerdes con cierta necesidad
pero voy a dejar que amases esta historia con absoluta gratitud.*

Frente al televisor encendido y sin sonido, Ezequiel mete la mano
en su bolsillo y saca la carta. La llovizna opaca los ventanales y apaga
la luz del día:

Hola, Ezequiel:

¿Qué es de tu vida, muchacho? ¿Creíste ser capaz de evadir
tu responsabilidad en el asunto? ¿Pensaste que el regreso a
tus raíces te alejaría de nosotros? Supimos dónde ibas desde el
principio. Estamos muy cerca, encima tuyo, se podría decir. La
extradición es la carta de triunfo en este problemita inconcluso.

Te damos hasta el viernes para tu descargo, de lo contrario
tu destino tiene sello, fecha y firma.

—¿Algún amigo ya te escribió?
—Sí, un viejo amigo.
—Quiel, ¿por qué hiciste las camas y ordenaste el baño? Catalina
está algo ofendida, piensa que no hace bien las cosas. Creo que
magullaste su orgullo.
—En realidad no es ninguna maravilla, el almuerzo fue...
—Como yo estoy acostumbrada. Si vos querés algo diferente
pedíselo, es un ser muy tierno y lo va a comprender.
—Está bien, trataré de ser más diplomático.
—Sólo un poco más comprador.
—¿No es demasiada molestia para con una muchacha?
—Una mujer que cuida de mí hace cinco años se lo merece.
—¿Cómo va el enfrentamiento entre Federico y Marisabel?
—Común, necesito encontrar el color real del texto.
—Él puede ser un marginado. Ella una buscona y el idiota del
marido el cerebro vengativo.
—Vulgar, muy vulgar...

*La mejor idea desde que él llegó, es irte a casa. No te entretengas;
este tipo me crispa, si es que algún nervio aún suena en mí.*

Capítulo 22

Durante la primera semana treinta y tres personas invadieron la casa para su reconstrucción. Pintura, madera y toda clase de elementos se desparramaban por los rincones.

Era imposible deambular por ella sin toparse con los trabajadores.

Al no poder utilizar el comedor, Marisabel tomaba sus comidas en su salón privado y él en la amplia cocina.

Un muchachito traía cada tres días correspondencia y alguno que otro diario.

Eso sí la intrigaba. ¿Cuál era la conexión con los de afuera? ¿Quién lo conocía para mantener ese contacto? ¿Quién era en verdad ese personaje?

En un rincón de la desmantelada biblioteca, en su sillón envuelto en tela color marfil, éste leía todo y quemaba en la chimenea gran parte de lo recibido. Sólo unos sobres celestes iban dentro de una caja de madera de cerezo con llave. La cual colgaba de la cadena de su reloj.

Marisabel, cubierta con una capa gastada color visón lo observa desde la ventana de la galería. Nueve días sin cruzarse era toda una estupidez, así no habría forma de encontrar algo con qué echarlo de "Manantiales". En ese momento le hubiera gustado saber dónde estaba su hermano para poder estrangularlo por lo que hizo.

La figura firme y segura de ese hombre abandonó el lugar y se dirigió hacia ella; al verla del otro lado del ventanal:

—Buenas tardes, señora; espero el frío no reseque su fina piel.

—Su preocupación está fuera de lugar, señor Mendoza. ¿Va usted a salir?

Tenía la frente de un aristócrata, más allá de si lo era o no. La casaca de raso bordó llevaba botones incrustados con pequeños diamantes. Su chorrera de encaje cubría el ancho pecho, supuestamente belludo dado el color oscuro de su barba. Aquella figura morena y resplandeciente le sonrió con desenfado a su curiosidad.

Ezequiel apoya sus manos en los hombros de su hermana para que
lo escuche:

—Aldana, estuve pensando que voy a salir por unas horas.

—Buena idea. Me aburre sentirte caminar de un lado a otro del
departamento.

—Yo me encargo de la cena. ¿Qué te gustaría?

—No sé, pizza tal vez...

—Dejalo por mi cuenta, te voy a sorprender.

—Eso es lo que me asusta.

Enfundado en un traje de hilo color aceituna, mocasines de nobuk
y remera de cuello alto blanca, se acercó a darle un beso. Olía a
perfume caro, aunque no se hubiera afeitado.

En una de sus manos llevaba un sobre grande y abultado. Algo en
lo que ella no había reparado cuando llegó.

Metió en uno de sus bolsillos el tabaco de su pipa y azotó la puerta
al salir. ¿Qué podía haber atrás de su regreso?

*Problemas, querida. Éste parece acumular nada más que eso. En
cuanto a la novela estoy sorprendido, alargarla es casi imprescindi-
ble. Como tu huida antes del martes.*

*Me encanta cuando perdés los ojos en las gotas de los cristales, es
como si estuvieras a punto de crear el instante mágico.*

Aldana reanuda la lectura y sigue anotando:

—Llegaré hasta la ciudad y haré noche allí. Eso le da ventaja de
disponer de la casa como quiera, señora.

—No hay mucho de qué disponer.

—Cuando acabe con ella, un gran baile la pondrá de buen humor.

—Mi humor no es por el estado de mi hogar sino por...

—Discúlpeme, se me hace tarde, no desearía me asaltara la noche
en el camino.

—...debiera asaltarlo algo más...

—¿Dijo usted algo, señora?

—Que espero no pueda regresar.

—Siento desilusionarla, pero pasado mañana traeré personalmente el nuevo mobiliario.

Efectivamente, a las once de la mañana del día jueves tres carros repletos, cubiertos con una gruesa tela, entraron por la puerta principal.

Al frente un coche impecablemente barnizado con dos caballos fuertes y jóvenes traían al extraño.

La puertita se abrió antes de que se detuviera, y el hombre en cuestión saltó en mangas de camisa, despeinado y con sus botas manchadas de barro:

—Bien, hemos llegado; descarguen los dos primeros que son los muebles y objetos de la casa. El resto pertenece a los establos.

En el primer piso, dentro de una inmensa e inmaculada cama, un hombre sumamente pálido intenta levantarse y llegar hasta la ventana:

—¿Qué es lo que haces, Luis Miguel? No hay mucho que ver desde aquí.

—Quiero verle la cara, me intriga ese hombre. Ayúdame, me sentaré en la silla junto al escritorio, y veré el movimiento que se desarrolla abajo.

—Sólo son muebles, cuadros y tapices.

—Te parece poco, es algo que no pudiste lograr de mí.

—No sé por qué tenemos que recordarlo siempre. No podemos enterrar el pasado.

—Nunca lo dejaría allí. No soy sólo yo quien lo saca a ventilar. Además, si he de morir quiero hacerlo sin remordimientos.

—¿Morir? Hace tres años que te escucho amenazarme con lo mismo. Y aquí estás, pálido, débil pero fiel a tu ilustre linaje.

—Cuando te burlas, me gustaría...

—Sé lo que te gustaría, porque es lo que siempre quisiste hacer. Es mejor que baje a ver si puedo ayudar en algo.

—¿Te unes al enemigo o simplemente te compró?

—Toma, ten cerca tu rapé, lo necesitarás cuando te empiece la rabieta.

En el amplísimo hall de entrada frente a las escaleras, docenas de sillas de madera dorada, metros de terciopelo gris, sillones estampados, alfombras de dibujos orientales. Todo desparramado entorpeciendo el paso:

—Gracias a Dios que ha bajado usted, quisiera pedirle su colaboración para distribuir todo esto.

—¿Cree que podrá aceptar mis sugerencias?

—Pienso que podré más que eso. La dejaré decorarla como le agrade, será una tregua gratificante para ambos.

No alcanzaría el día para dejar aquello aparentemente ordenado.

Las velas iluminaban todos los rincones, se sentía agotada y con verdadero hambre. Se llegó hasta la cocina para tomar un bocadillo, cuando vio una espectacular mesa lista para la cena: mantel de hilo bordado blanco, con ramos rojos y verdes; posaplatos, cubiertos de plata y copas de cristal color ámbar frente a los dos platos de porcelana rosa; en el centro un arreglo de flores y candelabros encendidos:

—Pase usted, Marisabel; iba a mandar a buscarla en este momento.

—Algo pretencioso de su parte. ¿Qué es todo esto? ¿Espera al gobernador o quizá a una dama?

—Sí, a una dama, ¿le agrada?

—Algo ostentoso para mi gusto. ¿Qué es aquello, quizá truchas?

—Así es, y carne con trufas y espárragos en una masa liviana.

—Resulta tentador.

—Entonces comencemos, porque ha sido un día muy largo y mi apetito es voraz.

—Señor Mendoza, por primera vez comparto su idea.

La puerta sonó de tal forma que hasta los papeles se volaron;
Ezequiel había pasado como una exhalación hasta el dormitorio de
servicio:

—Quiel, ¿pasa algo? ¿Se te olvidó la cena?

La voz no sonaba diferente, sólo algo apresurada cuando le con-
testó desde el dormitorio:

—No, no se me olvidó nada; traje sandwich de pavita, jamón crudo
con ananá y roquefort con apio y nuez.

Mientras se acercaba a su hermana iba secándose las manos con
una pequeña toalla. Al sentirlo detrás, ella levantó la cabeza del
manuscrito:

—¿Qué te pasó en la cara? A ver, mostrame las manos que escon-
dés en la toalla.

—Aldana, creo que tenemos que hablar.

—Desde el comienzo, no quiero que recortés nada.

Las rodillas de los pantalones estaban rasgadas como si lo hu-
bieran arrastrado, su nariz hinchada mostraba signos de haber
sangrado y las manos, eso sí era alarmante, se veían con moretones
muy oscuros.

—¿Por qué alguien querría pisarte así las manos? ¿Qué llevabas en
el sobre?

—Evidencia de un tipo muy importante francés.

—¿Evidencia de qué?

—De un chantaje.

—¿Tan desesperado estabas como para poder hacer eso?

—Era un desgraciado bisexual, un político de una familia muy
bien acomodada en la sociedad europea.

—¿Era? ¿Qué es lo que tratás de decirme?

—Murió en mi departamento en Viena.

—Tengo terror de preguntártelo, y lo que es peor, que mientas
cuando contestes.

—No me lo preguntés porque no lo sé.

—¿Cómo que no lo sabés?, ¿acaso no te acordás de si lo hiciste o no?

—Algo así... pero...

Sabía que se traía algo gordo en el estuche de su violín. Lo que te
faltaba para perturbar más tu estática vida, un hermano incapaz de
cometer un delito perfecto.

Pero qué, qué es lo que se le dice a un hermano que a pesar de serlo,
es un extraño. El café humeaba sobre la mesita del living, ninguno de
los dos se animaba a romper esa burbuja de vacío, como si lo que venía
luego fuera definitivo.

—Bueno, ¿y ahora qué? Es evidente que no pudiste escapar de
ellos, por lo tanto no importa demasiado dónde vayas la próxima vez,
vas a tener que enfrentar el problema aquí y ahora.

—No puedo, no tengo el valor suficiente.

Aldana tomó su taza de café y se encaminó hacia el dormitorio, el
capítulo se había cerrado allí.

Antes de la primera claridad metió lo indispensable en un bolso
junto con el material de la novela y sin el más mínimo ruido dejó el
departamento.

Las paredes del ascensor se achicaban a medida que iba bajando,
su conciencia había tomado esa forma y la aprisionaba para que no le
quedaran dudas de su abandono.

No acostumbraba a acelerar tanto pero no tenía ganas de darse
una excusa para no hacerlo. Al mediodía entró en el camino que la
condujo a la playa Dos Soles. Siempre se preguntó quién pudo ponerle
aquel nombre.

La llave aún estaba adentro de la tinaja; acompañada por alguna
que otra pena, descubrió los muebles y el resto del día sacó el polvo y
la arena que se adueñaron del lugar.

Al bajar a la playa un aire caliente y nublado parecía convertir al
mar en un cuerpo amenazador y astuto, capaz de devorar la casa con
su negrura.

Se resistió a seguir de pie, y ya acostada boca arriba lloró con un
silencio apretujado de años, vaciando el recipiente de su tristeza y de
esa culpa nueva que cargaba desde que dejó su departamento.

Capítulo 23

Caminaba a través del campo con el chal protegiendo su cabeza, y la capa de terciopelo negro con borde de zorro abrigaba su cuerpo. Único regalo de su esposo antes de la boda.

Recordar, cuánto dolía recordar. Faltaba muy poco para la primavera y todo continuaba desierto, esperando quizá que la mano o el dinero de ese extraño hiciera resucitar la fertilidad de sus tierras.

El único potrillo que había quedado en la hacienda le pertenecía, era un rosillo imponente y la esperaba inquieto a unos metros. El campo empezó a oscurecerse cuando un relámpago espantó al animal y el trueno que le siguió desató su pánico en una carrera hacia el resguardo del establo.

Marisabel sabía lo lejos que estaba y apresuró el paso mientras la lluvia humedecía su capa y el barro entraba por el borde de las botitas haciendo chapotear sus pies.

Levantó las faldas lo más que pudo, pero eso hacía que perdiera la estabilidad en el espeso terreno.

La tarde se resignaba ante los escapados rayos que se entretejían con el agua y el sonido monótono que empujaba la tormenta.

Levantó la cabeza tratando de reconocer el ruido que se acercaba y parecía ser un carruaje. La cortina de agua apenas si dejaba ver los cuatro caballos que venían muy rápido, moviendo los faroles encendidos a los costados de la cabina charolada que desparramaban reflejos dorados en las zanjas.

Corrió entonces hasta el camino y alcanzó a ponerse delante, pero esos animales parecían no poder detenerse. Espantado, el cochero gritó varias veces hasta que clavaron sus ancas a unos metros de ella que se había apartado cuando vio la resistencia que ofrecían a las riendas.

La mujer abrió la puertita del volantín y miró hacia adentro; el indolente pasajero tuvo intención de levantarse, pero se contuvo. Sólo se corrió para darle lugar y poner sus botas embarradas sobre el asiento de enfrente.

Recostado sobre la ventanilla con la cortina de cuero baja, Federico la miró en esa simulada soledad.

Los labios del hombre se estiran y antiguas turbaciones ideadas anticipan lo que podría ocurrir.

Ella retiró la capa de sus hombros y palpó la humedad en el traje de montar. Si se sacaba la chaqueta tendría menos frío, pensó, mientras sus ojos grises vagaban por aquellos otros oscuros y pendencieros.

El peligro se hacía más nítido cuanto más silencio se apoderaba de ambos. En ella era el momento de averiguar lo que quería. En él, de comprobar si podía ser real aquella sensación:

—¿Puedo tomar lo que estás ofreciendo? —dijo él con arrogancia.

—¿Quieres saber cuál es el precio? —fue la pregunta de ella que tajeó la mala intención.

La carcajada del hombre fue la primera nota en el improvisado concierto y no creyó necesario preguntar por el precio.

Los ojales de la chaqueta estaban mojados y le costó desprendérselos. En el apuro por llegar a ella estiró su ancha mano y le arrancó el chal húmedo de los cabellos, hasta que el ataque llegó caliente y profundo a su boca, como la sensación de irrealidad que se apoderó del interior del coche.

Se exigía más de lo que se daba, aunque una creciente necesidad de evaporarse en esos brazos fuertes fue lo inmediato en la mujer. Ella mantenía la respiración entrecortada cuando esos dedos tocaron el inicio del corpiño y se escuchó un gemido.

Es el tuyo, nena. Nada ni nadie va a interrumpirte. Encendé tu propio brasero, que va a conducirte directo al placer oscuro y levemente amargo que te confundirá con él...

El aire refresca las piernas libres de faldas, sus manos pequeñas sin guantes tironean de la camisa trabada en los hombros y vuelven al pecho moreno una y otra vez, mientras sus labios tocan el aro en la oreja izquierda...

46

Desprendido de todas las hebillas, el cabello tapa parte de la recia cara enterrada en el cuello de la mujer.

Ninguna palabra se formaba en sus mentes, sólo una feroz necesidad de crear la ilusión de ser uno los mantenía en vilo.

Más tarde, la desilusión al abandonar el monte, en el cual todos los dioses aplauden, y ya aburridos, regresan a la identidad propia.

El carruaje se va deteniendo, como el latir de sus pulsos, como el agua que ha lavado la fachada de la casa, y que se distingue a unos cien metros. Él bajó primero clavando las botas en los charcos de la entrada, estiró sus brazos para ayudarla y susurró:

—Sube directo a tu alcoba, mujer; si alguien se topa contigo, sabrá que ahora eres una hembra satisfecha.

Entre dientes la respuesta no se hizo esperar, aun sabiendo que ésa era la intención del hombre:

—Coloca tu sombrero entre las piernas, quizá alguien piense que no has podido lograr mucho.

El café se enfría mientras Aldana se desprende de las últimas
palabras y toda su energía se consume en aquella fusión ajena.

Sigue lloviendo, acercando el mar hacia los ventanales, invitán-
dolo a ser cómplice de la necesidad encubierta.

Sentada frente a la estufa, tutéandose con Marisabel, perdiendo
su edad en velludos brazos de papel, la mañana desfachatada y real
le devuelve su nombre. Despereza sus músculos apretujados en el
sillón y mira su entorno, mientras todo sigue encerrado en el marco
de aquella desprolija carpeta.

Música, eso es lo que necesita, le hace falta volar de ese lugar por
unos momentos.

Revisa por todos lados en busca de "compact" o "cassette", pero
nada, ni siquiera una pequeña radio.

Dentro de un botinero, docenas de discos la sorprenden y ruega que
ese Winco, que se usaba de mesita, funcione.

*Sí, funciona. Ése, el que tenés al costado, el de "The Swingle Sin-
gers" al barroco va a fascinarte. Empezá por el Preludio N° 19 en La
mayor de Bach... Buena chica, con seguridad los vas a escuchar todos.*

¶¶ Dios mío, Román, ¿qué es esto? Nunca supe que te gustaba
Carlos Barocela. "De mi azul"..., "En un rincón lejano de mi infan-
cia"... Increíble que después de veintitrés años guardaras este "long
play"...

Estaba convencida de que la única música que recordabas era la de
los Beatles; no, si ahora lo que falta es que descubra que también leías
poesía. ¶¶

Fuerte, muy fuerte las notas rebotan en los rincones, las paredes
las absorben, los muebles opacan el estruendo y ella se presta al juego

del "no estoy" para esquivar las horas y la decisión que amenaza
ahogarla dentro de aquella novela sin desenlace, ni final.

Aquella diminuta caja de música fascinaba a Marisabel cada vez
que la abría para ponerse los pendientes de su madre.

Un baile, ¿sería verdad que Federico haría ese magnífico baile?

La ronca voz de su marido la saca de las imágenes danzando en el
salón esmeralda... bueno, ahora era todo dorado.

—¿Qué ocurre, por qué gritas de ese modo mi nombre?

—Dos días, dos días sin pasar por aquí. ¿Qué es lo que te mantiene
tan entretenida?

—La casa, por supuesto.

De pie al lado de su cama, con su vestido de lanilla color limón,
responde sin mirar aquel rostro mal rasurado y furibundo. Prefiere
perder su vista en la actividad que se desempeña alrededor del patio
principal. Mientras Luis Miguel afirma:

—Acompañada de ese extraño.

—Muy pocas veces nos cruzamos en el día, tu comentario es
insidioso.

—Mientes, pero no puedo hacer nada para evitarlo. Si me lo pro-
pusiera tendría que enfrentarme a él y ponerlo en su lugar.

—¿Acaso sabes cuál es su lugar?

Hacía demasiado frío esa madrugada por los corredores, pero tenía
que estar segura de que todos estuvieran dormidos antes de bajar.
Con la inseparable capa de terciopelo sobre su camisón, trataba de
soportar la ingrata temperatura. La chimenea casi extinguida fue lo
primero que trató de reavivar; luego sería su curiosidad. Podía darse
ese lujo, dentro de su mano tenía la llave dorada de aquel cajoncito
perteneciente a Federico.

Papeles, cartas, documentos de la propiedad y una traba de
corbata con una esmeralda en la parte superior la distrajeron.

Algunas cartas eran de una mujer, otras de su propio hermano:

Federico:

Nunca fuimos amigos y ahora jamás lo seremos. Eso no me
importa en absoluto. Lo único que realmente me preocupa es mi
hermana Marisabel. No por ella sino por ti. Te advierto que no
es una piedra blanda de manejar, más bien un mármol bi-

zantino que se moldea con calor. Sé cuál es tu intención, te he
visto desplegarla con señoras de la Gran Aldea.

Está dispuesta a todo, sé que tú también. Fuiste un hombre
justo conmigo y a cambio espero poder hacerte un favor con
estas líneas.

Tu nombre se menciona en voz baja, y supongo que debe ser
por lo mismo que el mío. Si alguna vez necesitas de mí, espero
poder corresponder a tu generosidad.

Cuida de esas tierras

José Ignacio Mariscurrena

Querido mío:

Siempre igual, desde lejos tratando de llegar a ti, de pro-
tegerte, de que nadie te haga daño. No seas sentimental y
destruye mis cartas. Sabes que son la evidencia que te enviaría
a la muerte. Ayer, con el toque de queda, algunos de tus amigos
casi pierden la vida en el bajo, en una pelea con los hombres que
defienden el régimen.

Estás en el mejor lugar, protégete y no intentes asomar tu
morena y desafiante cara por la ciudad.

Cuando sepa algo más de ellos, te lo haré saber. No me
contestes, tu vida vale más que unas cuantas palabras.

Tu amiga Luci

Mi querido:

Tus amigos fueron a cenar con un grupo nuevo, que llegó de
no sé dónde, a una vieja casona mirando al río.

A mitad del locro, cuando el vino carlón les había hecho
efecto, irrumpió la guardia y pretendió llevárselos. Comenzó
así una refriega en la cual Doménico y José Ignacio fueron
heridos y arrastrados a los carros.

Los demás están bien. En mi último paseo por el bajo de
Recoleta pude averiguar que están planeando cómo sacarlos de
aquel tortuoso sitio. El dinero que mandaste ya está en camino.
Sin más me despido, hasta otra oportunidad.

Cuídate.

Lucía

Marcando el paso con la fusta sobre la caña de sus botas salió de
la habitación muy temprano, y llegó hasta el comedor.

Dejó junto al plato de Federico la llavecita con una nota y se marchó a su cabalgata matutina.

Elegante con su traje de montar color vino, Federico se sentó a la cabecera de la gran mesa una hora después. No había entrado aún la morenita que lo servía cuando sus ojos se achicaron al ver aquello. El gesto que estrelló la taza sobre el mantel al leerla hubiera hecho estremecer a la osada mujer. Pobre del hombre que cree poder manejar a una mujer a través del corazón. ¿Qué corazón? El de ella no había entrado en juego, ahora estaba seguro. Dentro del vacío momentáneo de su mente las cuatro palabras escritas en la nota hacían eco:

Éste fue el precio

... fue el precio

... ... el precio.

Capítulo 24

El volantín acharolado entra en la explanada de la casa; de él
desciende un hombre que durante todo el día saboreó la derrota ante
una mujer dispuesta a todo.

Muchas copas, y demasiadas burbujas aún ascienden por sus
venas para discernir cómo enfrentar aquello. Cómo llegar a la capa
más fina de la determinación de ella.

Las horas pasan como anunciando su falta absoluta de defensa,
sabe que por la mañana le devolverá el florete con alguna frase
hiriente como despedida, y que siempre tendrá aquello guardado para
cuando lo crea necesario.

Enciende el último cigarro y mientras camina alrededor de la casa
para calmarse un poco antes de dormir, una idea desesperada se
afianza para dentro de unas horas.

A las 8:30 de la mañana, desde la ventana de la alcoba de
Marisabel, el hombre la ve salir al jardín posterior con su traje de
montar color castor. Encantadora y peligrosa. Debía encontrar algo
con qué comprometerla, la desesperación es mala consejera, peor aún
después de pasar casi una hora sin saber qué es lo que se busca y el
empeño en revisar se hace compulsivo.

—Señor Mendoza... ¿Qué hace aquí?

—¿Dolores? No contaba con usted...

—No es correcto lo que hace.

—Lo sé, pero cuento con que olvidará mi presencia en esta
habitación.

El paseo había terminado, el mozo de cuadra corre hacia ella para
sujetar el potrillo sudado. Con las mandíbulas encajadas Federico
mira de nuevo a Dolores sin disimular su frustración. Sólo una falsa
sonrisa lo auxilia cuando baja a toparse con esa intrigante.

—Buenos días, señor Mendoza. ¿Ha descansado mal?

—Me extraña su trato tan ceremonioso.

—No veo la necesidad de cambiar nuestro modo de tratarnos. Si es
que esa es su intención, no hallará eco en mí.

—Los coches hacen de usted una mujer diferente. Quizá debiéramos tener esta charla dentro de uno...

—Ningún lugar afecta mi condición de dueña de casa; si le di esa
impresión espero me disculpe.

—Insisto, ¿quisiera acompañarme a dar un paseo?

—Mañana, si usted lo sigue deseando, podemos llegarnos hasta la
ciudad...

Aquello había quedado zanjado con la ironía y la amenaza, revertirlo era poner su ingenio en movimiento, y mientras veía la espalda
erguida de ella subir las escaleras, no sabía si el movimiento tenía que
ser vengativo o no...

—Señor... señor, ¿me escucha? ¿Quiere que le cebe unos mates con
pastelitos de natilla?

—Sí, gracias, Dolores; sólo mate y vea si ha llegado mi correspondencia.

—Como diga, señor... ahorita se los alcanzo.

El exquisito perfume del sahumerio con pastillas de lima acompaña el tiempo de la espera en el escritorio. Entre sus manos las dos
últimas cartas dan vueltas, como la idea de venganza que al llegar a
la razón se quema sin sentido.

    Mi muy querido:

    Alguien dejó deslizar tu posible paradero, no sé si se llegarán hasta allí, de cualquier forma espero te encuentres
prevenido.

    Además quisiera darte el recado que me dio José Ignacio
antes de aquella fatídica noche. Cariños y su más sincero
agradecimiento a la morena que lo crió, Dolores.

    Hasta muy pronto, tu amiga

                               Luci

    Estimado amigo:

    Las novedades no son buenas, los hombres que fueron a la
mazorca están en muy malas condiciones físicas.

    Sabemos que serán llevados durante esta semana a un
campo de trabajo forzado. Nos movemos para saber cuándo

y cómo interrumpir el traslado. Tu colaboración es impres-
cindible.

César Ruiz

La doble puerta de cedro que da hacia el hall de entrada está
abierta; en una de las veces que levanta la cabeza de las cartas, ve
pasar la ancha figura de la fiel mujer refunfuñando con una bandeja
de servicio.

Minutos después aparece para darle el mate azucarado y con gusto
a naranja; su rostro parece desencajado como si una reciente bofetada
la moviera de su lugar de privilegio en la familia.

—Tome usted su matecito, don Federico... acabo de preguntar y
hoy no ha llegado nada para usted...

—Dolores, tengo un mensaje de José Ignacio para darle.

—¿Para mí? Dios lo bendiga, señor. ¿Cómo se encuentra él?

—No muy bien, está en la mazorca.

—Qué desgracia tan grande ha caído sobre esta tierra, desde que...

—Parece agitada, ¿ha tenido un mal momento arriba?

—No me corresponde hablar de los señores.

—Aquí tiene a alguien que no pertenece a la familia y puede
entenderla.

—¿Qué me envía mi niño a decir?

—Le manda cariños y agradecimiento por lo que recibió de usted.

La robusta mujer parece más cansada que nunca mientras sollo-
za con una amargura imposible de ocultar. Él sintió que debía
aliviarla con alguna promesa.

—Cuando me marche, si lo desea puedo darle su mensaje.

—Sí, dígale que siempre será el verdadero dueño de "Manantiales". Que siempre rezo por él, y para que ella reconozca...

—¿Qué, Dolores, reconozca qué?

—Nada, señor...

La providencia venía en su auxilio, sólo una posibilidad, pero tal
vez definitiva, para no usar la puerta de atrás.

La siguió hasta la cocina; sus defensas y precaución estaban bajas,
ése era el momento de saber algo más:

—Dolores, yo también soy un rebelde como su niño y ella lo sabe.

—Dios mío, señor; está en peligro aquí.

—Lo sé, ¿cree que puede ayudame?

—El temor sujeta mi lengua, no quisiera que se fuera, pero si ella se entera... que con esto puedo ayudar al niño José Ignacio.

—Dígame, Dolores, creo que a mí también puede ayudarme.

—Ella, ella no es una Mariscurrena, cuando el señor se casó con la señorita Clarisa ya estaba encinta, y él la reconoció como suya.

—¿Marisabel lo sabe?

—Sí, señor; su padre se lo dijo cuando reclamó la hacienda a su mayoría de edad. Después nada fue igual, trató siempre de sacar a su hermano de aquí.

—¿Hasta que se casó con ese hombre y su apellido e influencia superaron a la de José Ignacio?

—Sí, señor, aunque no es mala, tiene algo dentro que la hace diferente a las demás mujeres.

—Rencor, eso es lo que la hace diferente a otras. El no estar segura de su ascendencia, y no conocer siquiera el verdadero nombre que le pertenece.

Se había puesto su mejor traje de terciopelo negro con la camisa de encaje y en su corbatín de seda gris, lucía una traba con esmeralda: lo único que había podido rescatar de los federales cuando confiscaron sus tierras por traición a la causa. Su cabellera estirada y sujeta con un moño dejaba lucir el extraño aro que lo encerraba en una clase social desprestigiada, tanto en Europa como en América. Su bisabuela, gitana húngara, había introducido en la familia la costumbre del arete en los primogénitos. Federico lo hacía notar con el mismo orgullo de su abuelo, criado entre ambas razas. Algunos pensaban que el tal Jacinto Mendoza no era más que un pirata cuando llegó a estas tierras, y lo mejor de todo es que tenían razón, pero no podían comprobarlo.

Imponente con sus botas negras brillantes, sus pasos resonaban en los pisos de madera del salón para hacer notar su presencia.

Esa cena sería muy especial, tal vez algo corta, pero gratificante.

A las ocho en punto ella hizo su aparición casi teatral; su sonrisa de total satisfacción parecía durar demasiado.

Dentro del vestido de raso escarlata con volados y pedrería, no llamaba tanto la atención como el despliegue descarado de sus pechos:

—Nuestra última cena juntos, señor Mendoza.

—¿Mañana no contaré con su presencia?

—No quisiera comprender su insinuación.

—Debiera tomarla en cuenta.

—¿Por qué desafiarme de esa manera? ¿No es mejor partir con el resto de orgullo que le queda?

—Mi orgullo está intacto, tal vez el suyo es el que no resista saber la verdad de su nacimiento.

Una gran bolsa de rapé hubiera sido necesaria para borrar la palidez que se había apoderado del rostro de la mujer.

—No sé cuánto sabe, pero no cambia para nada su situación.

—La sociedad es ingrata para todos, téngalo en cuenta cuando decida ventilar mi problema.

—El mío está superado, y el suyo vigente.

—Mi caballerosidad me impone dejarle la última palabra.

—Creo que Dolores... no debió...

—Fue José Ignacio quien me hizo partícipe de este asunto, pero creí que jamás iba a utilizarlo.

—Tendrá mi respuesta a este desafío cuando lo crea oportuno.

—Aquí estaré para recoger el guante de su pequeña y rápida mano.

La casa totalmente a oscuras, con sólo la lámpara de la sala que da
cierta vida a las sombras; Aldana se siente sumergida en la época y
se niega a regresar para preparar la cena.

El mar, su aliado, regresa a lamer las ideas que culminan con esa
parte de la historia.

Ahora tiene todo el tiempo, puede manipularlo y hacer de él su
amigo.

Fija la mirada en el sostén de las treinta y siete pipas que
descansan sobre la cómoda; llega hasta ella nítidamente el olor del
tabaco dulce, la ceremonia para encenderla y el placer con que él
exhalaba cada bocanada.

*Siempre creí que te molestaba. Supuse que podía ahuyentar con
ellas tu mala intención.*

¡Cuántas vivencias extraviadas en cotidianas necedades!

Hasta aquí la sangre con que escribió Román, lo demás quedaba a
merced de Aldana.

Gestándose en un oleaje de creatividad, la novela pujaba incesante; ella debía adoptar su papel de escritora; las hojas en blanco
desafiaban su imaginación. Sólo era seguir el transitado camino,
imposible extraviarse.

La arena corría. ¿Cuánto más le quedaba para que la encontraran?

*Un narrador que no sabe y no termina de comprender, es una acción
que se sostiene hasta que se desvanece y vuelve a nacer otra.*

Así hasta determinar cuál debe ser el final, ¿si es que lo hay?

La pantalla marca un punto titilante y el número 25 del capítulo
a comenzar por ella.

Capítulo 25

El jinete frena su caballo junto a la entrada, se arroja de la montura y pide ver a Federico Hurtado de Mendoza.

Dolores, que había estado sentada en la galería, corre con todo su peso en su búsqueda, cuando se lo topa en el dintel de la puerta, recostado; y de su mano derecha cuelga un pistolón listo para usar.

—Tomás, ¿que haces aquí?

—Vienen por ti, debes escapar.

—¿Los de siempre?

—Sí, toma mi caballo y dirígete al gran arroyo. Alguien espera por ti.

—No dejaré este lugar.

—No discutas; luego de un tiempo tal vez puedas regresar. Traen órdenes firmadas por el Restaurador. No tienes posibilidad de defenderte, alguien te ha delatado.

—¿Qué ocurrirá contigo si te dejo aquí?

—Me confundiré con la peonada. Vete ya, amigo.

Antes de talonear con furia al animal se volvió hacia la criada que le alcanzaba una bota de vino y su sombrero:

—Dígale que regresaré por lo mío.

Desde una de las ventanas la imagen que lo observa mantiene la dignidad que le otorga el triunfo.

Sin embargo, ella sabe que de esa montura cuelga el miedo y se resbala una posible venganza dentro de un tiempo. Es la futura viuda del señor Sáenz Paz, y eso le alcanza para estar a salvo por el momento, sólo ha de vivir prevenida para poder deshacerse nuevamente de él, si es que algún día regresa.

—Tal vez hasta lo extrañes, él te sacudió el aburrimiento de años a mi lado, y seguramente removió lo que no pensaste que tenías.

—Muy ingenioso pero idiota de tu parte querer sacarme, de mentira, verdad.

—No fue esa mi pretención, querida, claro que tu suspicacia no deja de asombrarme.

—Luis Miguel, eso no es todo lo que te asombra de mí...

¡Vaya con la pascuata, sí que tiene pasta para cambiar de piel!

En realidad, ¿cuál sería la intención de Román al nombrar al Restaurador de las Leyes?

¿Cuál es el motivo que ataría al protagonista, o sería simplemente una mención para ubicar la época?

Sin embargo, en su reducido grupo de textos sobre las dos cómodas del dormitorio, se destacaba la encuadernación roja de la iconografía de Rosas.

¿Casualidad? La decisión corría por su cuenta, como la necesidad de sumergirse en la novela.

Sentada junto a la lámpara del pequeño recibidor, los tres tomos esperaban a sus pies para comenzar la investigación.

Lo leído superaba lo que quería hallar, como la curiosidad que hizo eclosión más de una vez, con amplísimos suspiros de satisfacción.

No encontraba desperdicio, separar lo meramente interesante resultaba un trabajo desalentador por lo que podía quedar fuera de página.

¶¶—Román, te doy las gracias por esta oportunidad. No más simplificar textos extranjeros con la desgana del que no conoce lo suficiente. Poseo con tu ausencia la mágica sensación de parir cada escena con placer y dolor, con la indiferencia y astucia que me da el instinto.

No sé si voy a lograr algo bueno, pero sí diferente de lo que pasaba por los cables que movían rítmicamente tus dedos por las teclas. ¶¶

Jamás pensé que fuera a servirte mi ausencia, no creas que dejaré de estar muy cerca de tu piel, excesivamente clara.
Necesitas mi sol, para dorar tu olvidada esencia.

La melodía se filtraba incesante dentro del baño, era como parte del ritual del jabón, escurriéndose en la calidez del líquido que la envolvía sin parar.

En algún momento aquella canción había pertenecido a su adolescencia; y ahora la sentía traspasar las dos décadas hasta aquietar su nostalgia:

> "Soy... aquel después, que alguna vez será un futuro por llegar...
> El niño es azul... el hombre es gris por la memoria del azul...
> Ángel de la luz... tibio guardián de un porvenir...
> Adónde está mi azul, adónde el niño aquél...
> Si el niño no está más, ni yo con él..."

Sucesivos enganches convertían la noche en día, para arribar a todas las tardes con nuevas hojas rellenas de apuntes e ideas, que acumulaba su recién estrenada pasión.

> *"...Adónde está mi azul... adónde el niño aquel...*
> *Si el niño no está más, ni yo con él...".*
> *¡Qué bien armó esa imagen Carlos Barocela!*

Capítulo 26

Parado frente al caserón cuadrado, Federico observa la galería exterior con arcada y recova, imagina entrar por la terraza en azotea traspasando las barras de hierro adornadas en color punzó. Demostrando demasiado interés por los amplios jardines con teros y gavilanes, corrobora los comentarios de la noche pasada con sus amigos de la causa.

Tenía un tentador libre acceso, el cual sólo un grupo de soldados con rojo chiripá denunciaba que no era el edificio de un particular muy rico.

Mientras caminaba hacia el puerto con la absoluta convicción de traer en su equipaje con qué destruir aquello, el Himno de Marzo se murmuraba y hasta se cantaba en ciertas esquinas porteñas.

Con las fiestas en puerta los unitarios estaban dispuestos a traspasar los marcos de seguridad para malograr lo que el Restaurador de las Leyes tenía planeado con su soberbia en el poder.

La tierra que lo hizo un hombre resentido se aleja como saludando su destierro involuntario. Bajo sus pies la goleta *Encarnación* lo lleva a las orillas orientales con un nombre impuesto por un conocido falsificador de documentos.

Recomenzará la lucha con el rencor mordisqueándole las orejas por aquella astuta mujer que lo madrugó.

En *El Grito Argentino* de Montevideo lo esperan; es el refugio que necesita para que se aquieten las aguas de una traición inventada.

Junto a él estarán quienes realizan las publicaciones en la imprenta de la Caridad. Su paso por la Gran Aldea no había sido en vano, el coronel Somellera le había confiado las insolentes láminas dibujadas por su talento, que desacreditaban a Rosas para la próxima edición.

Como siempre el bueno de Tiola, al recibirlo una semana después, lo distribuiría a los amigos primero y por la noche en los zaguanes porteños.

MUERA ROSAS
Periódico semanal
PATRIA, LIBERTAD, CONSTITUCIÓN

NO HAY PEOR SORDO QUE EL QUE NO QUIERE OÍR

En vano el pueblo entero está gritándoles en su corazón, al ilustre y sus amigos ladrones. Abajo el tirano. Poco o nada les importa, pues no hay peor sordo que el que no quiere oír.

Entre tanto llenan la bolsa y dejémonos de cuentos.

El fin es mandar a su antojo, aunque perezca el pueblo entero.

No han de pasar necesidades esos señores. Qué importa pues que los pobres giman, teniendo entre tanto aseguradas las espaldas con buenas onzas en el Banco de Inglaterra.

Así se burlan del país y de los argentinos, porque no ha habido todavía quien les diga: "Basta caballeros, esta tierra no es de ustedes. Juramos ser libres y no patrimonio de Rosas".

16 de Mayo de 1839

Generosamente patriótico como todo utopista, él creía poder desalojar lo primitivo con su talento en las letras, cuando los orgullosos Federales pretendían domesticarlos para darle forma persistente a su conducción demagoga.

Se creaba así la confusión en todos aquellos que aún dudaban de cuál era el buen camino a seguir. Los otros despertaban a la cólera repetida cada semana al enfrentarse a otro desafío unitario.

Como un adversario intransigente las picarescas caricaturas del Gran Dictador ocuparon sus años de exilio. Mientras, se carteaba con Félix Tiola para estar al tanto de lo abandonado por la fuerza. Su patrimonio en manos federales había convertido su vida en una revancha constante, ya que sobrevivir era la prioridad. Más tarde sería recuperar las tierras de sus padres en Entre Ríos.

Ahora los días formaban una larga espera.

El arresto y fusilamiento del amigo Tiola decidió su regreso al reencontrarse con el coronel Somellera, que había escapado para reunirse con su grupo de aliados en la costa oriental.

Aunque 1842 no comenzara muy prometedor, la lucha lo llamaba a esa tierra zanjada por la dictadura. Como buen proscripto pensó

continuar la leyenda de terror, y su papel iba a ser decisivo para
demostrar, desde cualquier posición, cómo se hace trastabillar un
régimen opresor.

Sus amigos habían dejado deslizar deliberadamente que las horas
de Rosas estaban contadas, creando así un caos interno en su manejo
cotidiano.

El bloqueo francés reanimaba la empresa unitaria, mientras
Rosas, más reacio y frío que nunca a las reformas, conservaba a palos
el patrimonio nacional.

Algunos decían que interpretaba las necesidades rurales y que
sometía con un trato directo a los indios, mientras sus verdaderos
enemigos volvían la cabeza a Europa con desaliento.

La orilla porteña se veía gris, pero él la sentía punzó; su capa
volaba despreocupada en la cubierta, mientras la cabeza se alzaba
para ver la entrada a su país.

Otro nombre lo traía de regreso, otra ocupación disimulaba sus
intenciones.

Una orden para el coronel Mansilla se apretujaba entre los
calzones y la húmeda piel de su abdomen. Desembarcó para esgrimir
su única arma ofensiva, la palabra.

La historia volvía a repetirse, inútil pretender que podía ser un
simple hacendado, y más inútil aún convencerse de que no podría
matar a nadie.

No había hecho más de cien metros cuando un soldado con gorro
de manga y camiseta federal lo detuvo:

—¿Llegó usted en el *Prince*, señor?

—Así es, soldado.

—¿Puede decirme si por favores recibidos suelen mandarse regalos diplomáticos?

—¿Si no regala usted las onzas, qué ha robado hasta ahora?

A pesar de vestir ese uniforme alguien lo había mandado para
ayudarlo a salir de Buenos Aires.

El mulato sonreía como asegurando saberse de memoria aquel
periódico semanal. Fuga de Rosas y regalos diplomáticos se titulaba,
que ni el bueno de Juan Manuel había dejado de leer.

Encima de ese caballo prestado no creía llegar muy lejos; parecía
rotundamente decidido a parar en cada arboleda o arroyuelo del
estrecho camino.

La paciencia se acababa con demasiada velocidad, no esperaba
llegar con mucha.

Tenía frío, hambre, y como si fuera poco, unas ganas desesperadas
de apretar el cuello de esa mujer que con seguridad no lo esperaba.
¿Con qué iba a encontrarse? ¿Qué haría cuando lo sintiera traspasar las puertas de "Manantiales"?
Bueno, por lo menos ese enfado prefabricado lo mantenía con
cierta calentura arriba de ese asno con estampa de caballo criollo.
Ya no llevaba la cuenta de las horas que lo montaba, cuando una
diminuta luz le anunció una posta; era la oportunidad insospechada
para cambiar de cabalgadura y descansar en algo firme y seco:
—Tenga usted muy buenas noches, posadero; quisiera algo ca-
liente para mi estómago y una bebida fuerte que lo acompañe.
—Es seguro que no ha de darme las onzas que ha robado, porque
ésas las guarda para pasar la vida gorda.
—Me siento muy bienvenido, ¿cuál es su nombre, amigo?
—Florencio Reales, para servirle, señor. Lo esperábamos antes...
—Dígame, ¿cómo están las cosas aquí?
—Empeorando, claro que cuando esto acabe, tendremos tiempo de
mejorarlo.
—Así será, amigo Reales, téngalo por seguro. Dormiré un par de
horas y necesitaré una buena cabalgadura; éste no ha de soportar el
regreso si lo obligan.
—No puedo regalárselo, pero le haré un buen precio.

Faltaba apenas una hora para amanecer sobre esos campos que
sentía como suyos; la estancia empezaba a despertar y antes debía
cruzar unas palabras con su dueña.
Su mano grande y oscura tapó la boca de la mujer hasta que abrió
los ojos; sacó entonces del bolsillo un papel, que guardara por tres
años:
—¿Reconoces esto, mujer?

"Viva la Confederación Argentina
Mueran los Salvajes Unitarios   ·
Filiación del Reo Federico Hurtado de Mendoza
          Patria   Argentina
          Estado   Soltero se presume
          Edad   38
          Estatura   1,90
          Color   Oscuro

Ojos	Negros
Boca	Grande
Nariz	Recta
Barba	Espesa y oscura
Pelo	Negro

Tiene un lunar en mejilla derecha.

Un aro en su oreja izquierda.

Refugiado en la estancia "Manantiales", durante el último mes de diciembre.

Escapa sin sus objetos personales.

Cabalga un caballo cebruno herrado.

Fugóse vestido con una camisa blanca, botas de cuero negras, chaleco de terciopelo y pantalón rayado.

No lleva sombrero."

—En esto último fue en lo único que se equivocaron, es una admirable observadora si se tiene en cuenta los minutos que pasaron entre la llegada de mi amigo y la carrera hacia el monte. ¿Quiere decir algo a su favor? No se lo recomiendo, no vengo de muy buen humor, y aunque nunca azoté a una mujer, con usted podría hacer una excepción.

Aquellos ojos tan claros no parecían asustados, pero sí algo precavidos; sabía que no le creería aunque lo intentara:

—Tal vez piense que no estaré aquí mucho tiempo. Como verá ya no tengo barba y mi aspecto amanerado que descubrirá en el desayuno, son algunas de las diferencias que me impuse para pasar por su nuevo administrador.

—¿A qué ha regresado? —apenas si pudo murmurar entre esos dedos morenos.

—¿No cree que hay algo mío aquí?

—El tiempo le demostrará que no.

—Espero que sea el tiempo y no una iniciativa suya, señora. En nombre de mi caballerosidad le pido no tiente al demonio que trato de aplacar desde hace tres años. La veré en el desayuno, no se moleste en acompañarme, he tenido un cansador viaje y no me encuentro en condiciones de festejar la llegada.

Capítulo 27

La mañana gris parecía menos siniestra que los nubarrones
que amenazaban su mal carácter, al entrar al dormitorio de su marido:

—Volvió el maldito esta madrugada. ¿Qué vamos a hacer?

—¿Qué es lo que tú quieres hacer?

—Averiguar todo lo que pueda y decidir cómo actuar con ese
bastardo.

—Que no pueda notar tu furia, o sabrá por dónde debe atacar.

—Lo crees inteligente y voy a demostrarte hasta dónde llega mi
propia inteligencia.

—Jamás tuve dudas sobre tu inteligencia para manejar a un
hombre. Pero ten cuidado, sólo una vez en la vida nos topamos con
alguien que nos supera en aquello en que nos creíamos superiores.

El portazo fue su contestación, nada iba a admitir, mucho menos
delante de ese joven desvalido y pusilánime.

El desafío estaba abajo y se dirigía con la euforia de quien ha de
recibir un galardón por saber medirse con un buen enemigo.

Con autosuficiencia, un despliegue de sensualidad en su ropa y
perfume de azahar, entró en el salón:

—Tenga usted, señor Mendoza, muy buen día.

—Lo mismo para usted, querida señora. Permítame acercarle la
silla y preguntarle si ha descansado bien con mi presencia en estas
tierras.

—Si lo que pregunta es si me asusta su inesperada llegada, le diré
que siempre supe que regresaría, y como ha de esperarse estoy
preparada para ello.

—¿Preparada?

—Quiero decir que no va a darme un soponcio el tenerlo otra vez
dando vueltas por la casa. Como habrá descubierto, sus habitaciones
están como las dejó.

—¿Qué es lo que mira con esa sonrisita mal disimulada?

—La peluca empolvada, su cara rasurada y esos lentes redonditos
tan ridículos. No cambian demasiado la intención que conozco.

—Intenciones que no debe olvidar. Si se volviera a repetir lo de
hace tres años, esta hermosa tierra en la que vive la cubrirá para
siempre.

—Ya no me atemoriza.

—Debiera hacerlo, no en vano soy un salvaje unitario, al cual su
amado Rosas pretende encontrar. Y ahora si me disculpa tengo trabajo que realizar.

Se dirigió al establo, abrió el pesebre de aquel siniestro caballo
rosillo que montara Marisabel, y dedicó parte del tiempo a cavar un
pozo junto a la empalizada de madera. Puso en él una bolsa pequeña
de cuero y lo volvió a cubrir.

Desparramó nuevamente el heno y se puso a ensillar uno de los
matungos que esperaban mansamente su paseo diario.

Sabía que su aspecto le restaría autoridad con la peonada, pero ya
iba a encontrar la forma de que le temieran, si era necesario.

En uno de los espejos que abundaban en el salón de entrada Federico se topa con su mirada precavida, y por qué no, también asustada.

Llegó temprano junto al grupo que formaban las señoritas Álzaga y Berrenechea. Infiltrado con su aire de aristócrata, no llamaba la atención su tímida pero observadora conducta. Manuelita, vestida de blanco como casi siempre, recibía ese miércoles para el almuerzo acostumbrado.

Antes se ofreció un lunch en el bosquecillo inmediato de verdes sauces; más tarde se dirigirían al barco varado, cuyo piano tocaba Esnaola acompañado por el violín de Sívori.

Como no era costumbre sacar a bailar a la anfitriona, debían esperar que ella eligiera un compañero para el vals pausado o el minué federal.

Dentro de una conversación monótona como los trajes de los hombres que simbolizaban una parálisis intelectual y una obediencia sin asomo de resistencia, trataba de memorizar su entorno.

Más de un espía se pavoneaba en el salón. Pegado a una de las puertas con la mirada reiteradamente baja, creyó pasar inadvertido, hasta que con los acordes del primer baile, la figura de blanco se presentó ante él con absoluta decisión.

Adiós al anonimato, la investigación sobre su persona estaba en marcha apenas su sonrisa acompañó los pasos al centro de la estancia.

Si lo revisaban su vida resultaría muy breve y una fuga cuando concluyera el minué iba a levantar una niebla de sospechas. La tarde se ponía peligrosa.

En cada vuelta hallaba los ojos de Lucía apoyando cualquier decisión, ¿pero cuál?

Al levantar la cabeza de una reverencia exagerada, hizo su entrada el padre de Manuelita con dos pulcros y diligentes señores de gobierno. Al saludar con respeto a todos los allí reunidos, es cuando siente los ojos claros del tirano posarse con demasiado interés en su figura desconocida.

Los últimos compases acompañan la cabeza de Rosas que se agacha a murmurar a uno de los hombres de su custodia personal, mezclado en el salón desde el comienzo de la reunión.

Un gritito entre los aplausos arrastra el vaporoso cuerpo de Lucía cuando se desploma. La confusión desvanece el momento que él aprovecha para salir por la pequeña puerta hacia la recova. En la explanada el cochero entiende de inmediato su apuro y se acerca sin seña alguna.

Dentro, su alivio se desparrama en el asiento con la convicción del fracaso entre su pecho y la camisa de volados. Ya habría otra oportunidad para hacerle llegar a Rosas aquello.

—Aldana, no investigues demasiado los hechos, recordá que el misterio tiene que ser lo que no se sabe.

—*Quizá el misterio pueda ser yo.*

—*¿Quién es usted?*

—*Sabía que no iba a reconocerme. Que había elegido ese año sólo para intrigar a ciertos colegas suyos y hasta encolerizar a otros intelectualoides de su época.*

—*¿Intelectualoides? Son irrespirables.*

—*Sin embargo se le ha pegado cierta manera de retorcer la trama, como desafiando al lector a interpretar el texto.*

—*Lo que me faltaba, que me criticara algo que yo no hice.*

—*Ella sólo está siguiendo el sendero que dejó. No pretenda decir que no hay rastros para que escribiera lo que usted quería.*

—*No, no, de ninguna manera. Yo sólo... pensé en una novela pasatista; ¡huy!, odio esa palabra. Cada vez que escucho cómo se desarrollan los hechos, son inesperados.*

—*Siempre se mintió, eso yo jamás lo hice. Conocía mi destino y costara lo que costara, lo realicé. Los hombres de mi tiempo, amigo, no se andaban...*

—*¿Va a darme una lección de poder? ¿O decir cómo tuve que manejarme en esta sociedad tan avanzada para su mente?*

—*¿Avanzada? Si de algo estoy contento es de estar en la transición más lenta del proceso, y poder comparar. Mi país sólo ha ganado en tecnología y en moda. Aunque sí me hubiera gustado mezclarme con sus espléndidas mujeres.*

—*¿Usted tuvo unas cuantas, verdad? Tal vez demasiadas para probar una masculinidad en duda.*

—*Ningún historiador la puso en duda.*

—*Porque no se tuteaban aún con Freud.*

—*¿Quién era Freud?*

—*Un tirano que llegó a convencer a la masa de que el inconsciente también puede usarse como arma.*

—*Si hubiese tenido el desparpajo de insultarme públicamente, como lo hacen con el actual mandatario, lo fusilaba en la plaza Victoria, un domingo de sol.*

—Bravo, ése es el devastador que la prensa opositora resaltaba con aquellas láminas de su poder malvado.

—Fui juzgado por enemigos extranjeros sin memoria. Asimismo reconozco haber sido duro para lograr lo que deseé. Nunca creí que tenía que justificar los hechos, y pienso que se magnificó mi imagen, de la cual me aproveché en las circunstancias que me fueron oportunas.

—En este lugar sin fronteras resulta tan demagogo como entonces.

—Me encanta el despliegue de frivolidad que se maneja en la nueva sociedad. Me gusta esa mujer bajo la piel pálida, hay suficiente sangre caliente para lograr que esa novela llegue donde quiere.

—¿Dónde?

—Donde usted no pretendió que llegara. Créame, cuando Aldana escriba la última frase, usted encontrará su lugar en este sitio.

—¿Cuál es el suyo?

—Sólo yo debo saberlo, de lo contrario algún abogado del otro bando puede cuestionarme lo que llevo ganado.

—Jamás pensé que podía tener sentido del humor, esto lo debe haber ayudado para no perder la cabeza en manos de aquellos unitarios que querían borrarlo de la historia.

—Mis chistes tendenciosos desarticulaban las intenciones del adversario, así sumaba puntos en la observación de mis enemigos.

—El chiste, según Freud, es un impulso hostil que se desarrolla desde la época infantil de la civilización, como asimismo la represión progresiva de los impulsos sexuales.

—Dios me ampare de la lengua de ese hombre. Temo preguntar hasta dónde llegó con el estudio del inconsciente.

—Nos dejó casi desnudos, pero nos dio la seguridad de lo que somos y hasta dónde podemos llegar.

—Mi vida sexual fue amplia, mas no sé si satisfactoria. Si me lo cruzo en algún pasillo no tendrá forma de hablar conmigo.

—Ambos fueron personajes fascinantes, aunque cobardes en su vida personal.

—Desde aquí muchos se creen con derecho a juzgar. Ya aprenderán que somos todos iguales.

—¡No, por Dios! ¿Igual a Freud o a usted? Me convencería de que estoy en el otro bando.

—Explíquese.

—¿Tiene tiempo o debe regresar?

—Tiempo, ¿qué es eso?

—Tiene razón, algo que usted, Juan Manuel, y yo, perdimos en el camino hacia acá.

Capítulo 28

Se había detenido a tomar una copa de vino en el almacén de
Roque, donde paraban las carretas que venían de San Isidro, para
repasar la ubicación de aquella pieza en la parte este.

Entre trago y trago memorizaba la plantación de naranjos y la
abundante arboleda que lo cobijaría al penetrar a la propiedad.

Un temporal parecido al de esta noche había arrojado un barco
fondeado en el canal frente a la casa de Rosas, éste lo había convertido
en una capilla y él debía atravesarlo y rogar que los hombres que
jugaban al billar en su bodega no advirtieran su presencia. La lluvia
empantanaba el terreno arcilloso que rodeaba el caserón, los corredores de arquería con baluartes en los extremos, se hallaban iluminados por lámparas de aceite, desparramando sombras amenaza-
doras a su alrededor.

Según sus cálculos e información, éste acostumbraba a dormir
con las puertas abiertas y no tenía más gente armada que sus
asistentes. De ventana a ventana seguía las baldosas limpias y el cielo
raso de madera pintado en blanco, que lo conducían a la guarida del
tirano.

Cuando llega a la cuarta ventana observa, asomado apenas, la
cama de bronce en la cual está sentado sacándose las botas y
acariciando sus pies.

Sobre la pared de enfrente un armario con las dos puertas abiertas
revestidas con espejo, reflejan el entorno y su figura negra en el vidrio
de la ventana.

Un escritorio estilo francés y una gran mesa en medio de la
habitación están cubiertos de expedientes. En un rincón, dos *chifo-
niers* llaman su atención, con seguridad guardaba en ellos su dinero.
¿Cuánto habría del pueblo allí?

Antes de que algún error involuntario lo delate, empuja con su
hombro los cristales repartidos y las dos hojas de la ventana se abren
ante la mirada incrédula del mandatario.

—No intente estupidez alguna, no acostumbro a imprimir el dedo en tan preciada arma, pero no por eso soy menos peligroso.

—¿Cuál es la segunda orden para este hombre desprevenido que no acierta a creer aún que se halle en su habitación?

—El sueño del hombre es a veces su aliado; otras, el pasaje a su descuido.

—Espero una explicación, si es que la hay.

—Mi explicación no es tan arrogante como su pregunta, y se halla en esta carta de Montevideo.

—Ahora que la lámpara lo ha iluminado, veo que es usted quien estuvo este miércoles bailando con mi hija. Vaya descaro el suyo; si no hubiera sido por esa niña que perdió el aliento, no lo habría dejado marchar.

—Aquí tiene, señor. Esperaré por su respuesta, si es que la hay, sentado en esta robusta silla francesa.

Se lo veía muy interesado en las palabras que el coronel amenazaba cumplir, tanto es así que sus gestos por momentos parecía que fueran a estallar. Se sujetaba reiteradamente el costado derecho de su estómago y resopló sin disimulo cuando se levantó para dirigirse hacia el escritorio y contestarla febrilmente.

No tardó mucho en hacerlo, categórico la firmó y doblándola tres veces calentó en la vela más próxima la cera roja para lacrarla.

Cuando se volvió a él para entregársela, lo miró a los ojos con una disimulada sonrisa de satisfacción. La doblez del alma de ese hombre lo asustaba. ¿Cuál podía ser la contestación a la amnistía?

—¿No me teme, verdad?

—En su dormitorio, descalzo y desprevenido, no deja de ser como cualquier hombre.

—No me subestime, señor Mendoza; esté donde esté siempre seré su enemigo más poderoso.

—Mi ventaja es tener sólo uno; usted cientos...

—Márchese; si quiere hacerlo por la puerta principal, lo arreglaré; de lo contrario, lo dejo a su improvisación.

—Nos volveremos a ver.

—Estoy seguro.

Tenerlo delante había sido la experiencia más aterradora y fascinante a la que jamás se había enfrentado. La historia moral y política de ese hombre pasaba por su mente como por el país, dejando un agrio desaliento. El mismo que recibiría el coronel cuando le hiciera llegar esa contestación tan categórica.

En la recova, con su caballo, lo esperaba Florencio; éste, injerto de
india y negro, era lo más parecido a un ladero y con quien él contaba
para los continuos enlaces con aquellos que lo amparaban y comprometían cada vez más.

Ese terreno pedregoso hacía sangrar su conciencia cuando creía
estar cerca de lograr su cometido.

Ahora, mientras cabalgaba hacia su casa, otras eran las cosas que
lo desalentaban. Esa mujer en su despliegue de seguridad lo ponía en
guardia, cuando trataba de sujetar su vena vengativa, convirtiéndolo
en un muchachito encantado.

En la semipenumbra del establo, su cuerpo desmoronado baja del
animal cuando una pequeña llama desparrama débiles rayos a sus
pies.

Ella, con sus ropas de noche y la capa sobre los hombros, lo mira
sin expresión. Él no alcanza a ver qué se teje tras sus ojos.

—¿No es demasiado temprano para una cabalgata?

—Mi ropa debería decirle que no es esa mi intención.

—Entonces me esperaba.

—Sí, José Ignacio estuvo aquí ayer por la noche.

—¿Qué tiene eso que ver conmigo? Pudo esperar hasta el desayuno para comentarme su visita.

—La tonta ilusión política de mi hermano me dio a entender que
cometería una locura en casa del Restaurador.

—¿No me hará creer que se preocupa por mí?

—De ninguna manera, sólo quería aclarar que no me detendré
ante nadie si es que me involucra.

—¿Se propone amenazarme?

—Me creí en el deber de comunicárselo.

—¿Piensa que me detendría ante una amenaza tan pueril?

—Deje de hacer preguntas tontas. No me mezclaré en nada que
haga que pierda mis tierras; si es necesario daré nombres, hasta el de
mi hermano.

—Hermanastro.

—Lo que sea, no me importa demasiado. Es todo, regresaré a
descansar.

—Y por supuesto a contarle el resultado de la entrevista a su fiel
consorte.

Pasa a su lado dibujando por unos segundos su rostro con la
lámpara, cuando dentro de él, un recuerdo caliente lo anuda con
aquel otro encuentro y hace que la detenga de espaldas, para hundir

su boca en el cuello tibio y blanco. El olor a malvón seco de su cabellera activa el deseo que se gestó durante ese mes.

Ni un movimiento, ni un suspiro la hace participar cuando las manos del hombre dentro de la capa se absorben como si fueran parte del cuerpo de Marisabel.

Cintas, una a una desatándose, abriendo camino a quien da el tiempo a la negación o a las ganas...

Los cascos del caballo rosillo resuenan en su misma inquietud, despertando la loca carrera hacia la boca de la mujer.

Nada es suficiente, cientos de segundos entrechocan en busca de la piel de cada uno, convirtiéndolos en seres extraviados en las sensaciones que los atan.

—Háblame, mujer... dime algo que justifique esta locura...

—No soy yo... solo descúbreme...

Las frases entrecortadas desencadenan el temblor conjunto sobre el heno reseco que hamaca una posible mentira.

El dorso de Federico brilla de anticipación cuando se alza en tiempos medidos y vuelve a ella para rescatar la esencia que lo convierte en hombre. Dentro y fuera nada quiere dejar de latir por ese encantamiento que los hace creer pertenecer a la vida del otro. La batista jadea su rendición a sus pequeños pies en medio del rastro que la lengua escurre sobre el pubis.

Nada puede provocar que los párpados encuentren la luz, cuando el sol penetra los tablones, rayando las caras de ambos.

Se reconocen por el sabor, y en el movimiento continuo aceptan que hay algo más, detrás de aquello.

Salvaje ingratitud la del placer que los deja desamparados y parecen no llegar nunca al centro de esa improvisada tempestad.

Las manos que los lanzaron a ese espejo conocido, desandan la piel enrojecida secándose en los cabellos, que desatados cubren parte de sus caras.

"No te detengas", parecen decir los dedos tristes de la mujer.

"Déjame en ti", machacan los besos pequeñitos de Federico en los pechos hambrientos de ella.

Ya no caben palabras en el vacío que encierra el hecho de tantear sus ropas y ninguna mirada que los comprometa sobre esa tierra que creen que les pertenece.

El hueco de la satisfacción los traga sin la misericordia de una sonrisa cuando las puertas del establo se abren al día.

Sólo la lámpara extinguida en el piso conserva algo de aquella presencia, mientras su necesidad de hombre ve la espalda erguida de Marisabel cruzar el patio hacia la casa.

Recostado con su hombro en las tablas que sostienen las monturas se pregunta cuánto de los dos ha quedado sin conocerse, sin darle un nombre.

Una cita impuesta lo aguarda dentro de dos horas y su mente devastada por trozos de noche, sabe que no lo mantendrá calmo para enfrentar un nuevo desafío.

Capítulo 29

En la extensa planicie que llega hasta la orilla del río se realiza la carrera de sortijas. Jinetes montados en los mejores caballos de la provincia presentan la ofrenda ganada a la dama de su elección, mereciendo con frecuencia esta distinción la piadosa hija de Don Juan Manuel, cuya presencia aquieta los ánimos convulsionados por las aterradoras fechorías de su padre.

El caballo de Federico trota hacia las barrancas cuando la exhibición ya ha comenzado y se mezcla entre la gente para encontrar a su contacto.

Luciano Mendía, reacio a involucrarse en el correo pero convencido por su padre, se presenta a la cita esa tarde.

La intuición del unitario no deja de mandarle mensajes de alerta cuando, junto al sauce, un hombre vestido de oscuro descubre su cabeza en señal de que se acerque. Bajo la chaqueta de impecable corte europeo, un bulto no bien disimulado le advierte con cuánta estupidez va a enfrentarse.

—¿Tienes algo para mí? ¿O lo que hay bajo tu abrigo es para que me preocupe?

—Tu desconfianza me ofende, pero supongo que en tu lugar y con mi resistencia a participar en esto, pensaría lo mismo. El arma sólo la cargo para mi protección.

—¿Cuál es el mensaje?

—El General te espera esta noche en la barraca de Isidro; hay dos hombres de Montevideo que hay que ubicar.

—¿Los conozco?

—No sé sus nombres. Lo que recalcó es que fueras armado, piensa que alguien pudo haber deslizado la llegada de ellos.

—Bien, ya debo irme. Antes te recomiendo que cambies tu arma por algo más pequeño; no por grande más eficaz, te pones en peligrosa evidencia ante cualquier mazorquero.

—Gracias, lo haré.

Si era una trampa ese muchachote asustadizo la había armado con
inocencia, pero con la suficiente inteligencia para no sospechar de un
torpe como él. Debía prever una buena defensa antes de las once de
la noche, por si su presentimiento se hacía real. Con Félix muerto la
resistencia no era tan efectiva, y reforzando los resquemores del que
fuera madrugado más de una vez, llegó con paso tranquilo hasta su
caballo.

Poco antes de la medianoche, vestido como para asistir al teatro y
seguido muy de cerca por Florencio, se dirigió a la cita con el sombrero
en la mano y una daga dentro.

Nueve hombres dispuestos a salvar la situación esperaban que su
incondicional ladero les avisara de una emboscada. Federico golpea
cuatro veces y la casa, apenas iluminada, se abre a las dos únicas
piezas que no pueden ocultar a los hombres altos y corpulentos que lo
apretujan en un abrazo afectuoso:

—Estábamos seguros de que serías tú el que vendría por nosotros.

—Me alegra verlos y también me da temor preguntar por qué es-
tan aquí.

—¿Tenemos tiempo de explicarte todo?

—Debe ser muy importante lo que les encomendó el Coronel.

—Mucho, la carta de ese maldito lo encolerizó de tal forma que
como sea debemos realizar su mandato.

—No hablemos ahora de eso y vámonos, no creo que sea seguro
este lugar... Florencio, trae los caballos y avisa de nuestra partida,
que nos escolten hasta salir de la ciudad.

—Bien, amo, enseguida vengo pa'quí.

Ruido de cascos sobre el macadán de conchillas y sables de-
senvainados denuncian a los mazorqueros antes de que la puerta sea
derribada.

Ellos saltan por la ventana de la habitación posterior y corren
hacia el callejón donde están los caballos. Detrás, la veintena de
soldados grita dando órdenes de alto.

Federico se vuelve para ver si Florencio aparece por la otra salida
de la estrecha calle; cuando lo ve correr hacia él, extiende su brazo
para subirlo a la montura. Esos segundos juegan en su contra y un
disparo enciende el costado de su capa. Agachado sobre el cuello del
animal lo talonea con furia para alejarse. La huida a través de calles
oscuras y silenciosas se hace posible gracias a los hombres que se
dispersan y defienden aquella carrera contra el tiempo.

Muy difícil se torna el trayecto directo hasta "Manantiales" por la cantidad de sangre que se escurre de su ropa sobre la montura.

El mulato sujeta las riendas con una mano y con la otra sostiene el cuerpo vencido, que no parece reaccionar por un largo trecho.

En un corto momento de conciencia le dice a su compañero que se encamine a la posada del gallego Reales.

El vino calienta el cuerpo tieso y débil; las primeras atenciones se hacen de prisa y reanudan la marcha en busca de ayuda.

Uno de los mazorqueros, escudado en esa infranqueable oscuridad, los ve llegar al fin del camino. Sin traspasar la hilera de árboles que enfrenta la casa, da vuelta el caballo y piensa a quién venderle esa información. La entrada a la propiedad se hace espectacular cuando los hombres que cargan a Federico inconsciente, gritan:

—¡Abran las puertas!

Detrás del viejo Simón la cara de Marisabel no atina a reaccionar hasta que dejan el cuerpo en uno de los sillones de la sala:

—¿Qué es esto? ¿Qué ocurrió?

—¿Dónde está su cuarto? Hay que llamar a un doctor.

—¿Doctor?, ¿y cómo le explico esa herida?

—¡Señora, use su imaginación, él no puede morir!

—El doctor Álvarez visita a mi esposo y no creo que sea el indicado.

—¿Por qué no?

—Porque atiende el "mal de la piedra" de nuestro Restaurador.

—¡Dios nos libre de semejante matasanos!

—Sólo Dolores puede hacer algo por él; llévenlo arriba, a la habitación de la izquierda. Iré por ella.

Estuvo sin conocimiento durante cinco días, hasta que la fiebre fue cediendo y pudo abrir los ojos por espacio de unos cuantos minutos, para volver a dormir con cierta placidez. Su larga recuperación sólo tuvo un beneficio, la presencia de ella durante parte de las noches sentada al lado de la ventana observándolo. Quizá estudiando qué hacer después con él.

Una de las manos de Federico se crispó al intentar moverse de costado, y la vio parada a los pies de la cama.

—¿Cómo te encuentras hoy?

—Ven, siéntate aquí.

—¿Qué haces? No debes levantarte tan bruscamente, Dolores te subirá la merienda ahora.

—Ven aquí...

Sus dedos apenas si se movían sobre la manta blanca para

indicarle dónde la quería; al ver que hacía un esfuerzo para mantener los párpados abiertos, ella accedió.

Sentada casi en el borde, él estiró rápidamente la mano e introdujo sus dedos en el hueco del escote del vestido color lavanda. La acercó hasta penetrar en su boca, ahogando viejos recelos con aquella agitada ternura.

—No hacía falta recalcar nada, eres como un mazorquero decidido a hacerse notar.

—En mi delirio tuve miedo de perder tu sabor. Gracias a Dios no se me ha borrado tampoco la memoria.

—Lástima, porque eso salvaría tu vida.

—No estoy del todo restablecido para contraatacar tus agudos argumentos.

—¿Míos nada más? Reconoce que los males del país residen en el atraso y que la propaganda literaria de una minoría no puede transformarlo, ni poblarlo, ni acortar distancias y mucho menos mejorar hábitos y fuentes de trabajo.

—Te has aprendido muy bien la lección.

—El corazón de Luis Miguel es demasiado grande para su tórax, y cuando Teodoro viene a tratarlo, suelo mantener largas charlas con él.

—¿Crees que Rosas asegurará el futuro quebrantando las intervenciones europeas?

—El doctor me confirmó que nada ni nadie lo detendrá a ensanchar su país a su manera.

—Te fascinan los malvados.

—Cuando miro tus ojos negros, puedo decir que sí...

La entrada de Dolores dejó aquello abanicando el aire de la tarde, cuando ella se retiró de la habitación con un dulce olor a vainilla que nubló la razón de Federico:

—Qué hubiese sido de mí sin sus manos curadoras, Dolores.

—Descanse, señor; todo ha pasado. Cuando se recupere podrá volver con sus amigos.

—¿Dónde están ellos?

—Marisabel los envió al último puesto del sur, junto al río. Estarán bien ahí; no se preocupe, cada dos días le mandamos alimentos y una bebida fuerte para caldear la sangre que el viento les enfría.

Capítulo 30

Aquel domingo de fines de octubre el doctor Álvarez hace su entrada en "Manantiales" como si de él dependiera la vida de Luis Miguel. Éste no ha podido respirar con normalidad durante la noche y dentro de la casa todo es silencio para envolver la inmensa lástima que sienten por el joven señor.

La voz de Federico resuena demandando una explicación lógica a la anormalidad que transmite la servidumbre.

—¿Qué es lo que ocurre hoy en esta casa?

—Parece que el señor nos abandona.

—Era hora, no es humano vivir enclaustrado en esa cama.

—El doctorcito está con él, quizá pueda ayudarlo.

—¿Álvarez?

—Sí, señor; lo fue a buscar Simón.

—Bueno, bueno, tal vez sirva para algo más.

—El doctorcito sabe mucho; usa su medicina con el Restaurador.

—Su medicina también es buena, Dolores.

—¿Le cebo unas matecitos semiamargos y le alcanzo unos pastelitos de miel recién hechos?

—Va a hacerme engordar, mujer; acepto sólo los mates; alcáncemelos al escritorio, pero antes avise al negro Simón que quiero verlo.

—Ahorita mismo.

Los mates iban y venían pero el negro no aparecía arrastrando su pie equino; eso lo puso nervioso mientras escondía su persona de la vista del doctor.

—Aquí tiene, señor, uno bien calentito.

—¿Qué ocurre con Simón?

—No hace mucho salió pa'l puesto del sur a llevar las provisiones; estará por llegar.

—Bien, que preparen mi caballo y avíseme cuando el doctor se marche.

Sería una buena oportunidad para hacer un cambio por los dos
hombres en la mazorca. El doctor era una pieza muy importante para
que el tirano se negara a recuperarlo.

El golpeteo de aquel pie le advierte la llegada del sirviente con
apresuramiento.

—Señor Mendoza... yo llegué hasta ahí y no estaban en la casucha...
Me corrí hasta el río y...

—¿Y qué, Simón, qué ocurrió?

—Sus cuerpos tiraos en la orilla, ninguno tenía vida.

—Dios mío, ¿quién pudo llegar hasta ellos?

—Debió ser anoche, porque la piel de todos estaba azulada.

—Que traigan rápido mi caballo... iremos a enterrarlos.

—No... no debemos volver ahí.

—Haz lo que te digo, Simón.

La muerte otra vez envolviendo la tierra, su tierra con la sangre de
los suyos, y con la venganza de ese hombre que defendía su posición
sin importarle nada, sin medir las consecuencias de sus acciones.

El galope se hace cada vez más desesperado como la creciente de
vergüenza y rencor que encaja su mandíbula para no llorar.

El odio atenaza sus manos en las riendas del animal al ver las
pisadas de muchos jinetes a la orilla del río y dos líneas paralelas
desde la choza hasta el margen embarrado.

Si sabían de sus amigos también saben de él. ¿Qué es lo que
esperan para atraparlo? ¿Había un trato con Marisabel mientras
estuviera recuperándose en la casa?

¿Rosas podía respetar ese trato? ¿Y por qué lo haría?

—Simón, regresa a la casa.

—Es peligroso, amo; debe volver con nosotros.

—Obedéceme y vuelve ahora.

—Que Dios lo proteja.

Aquel infinito contenido de espuma a veces la sorprende verde, como la mirada de Román que cree reconocer detrás de su ventana.

Empieza a sentir el agotamiento que los personajes desencadenan en ella cuando al desembarazarse de su piel le provocan la envidia dormida. Cientos de papeles arrugados se desparraman en la rústica madera oscura del piso, mientras las dos últimas escenas están pinchadas en la pared de machimbre del living.

No sabe aún cómo continúa y termina el capítulo, sólo esa fiebre de crear la lleva a gastar horas en millones de palabras. Para no sentirse herida por el correr del tiempo ha guardado todos los relojes y sólo el cambio de luz le indica cuándo debe comer. El sueño llega sin aviso, se instala y derrumba el plan de la próxima secuencia.

Su cerebro se despereza y reanuda el laberinto que sin proponérselo se forma con la historia. Izquierda, derecha, de frente o para atrás, todos conducen a Román.

Es cuando melancólica desata la sensualidad en la novela, fabricando como un obrero desmedido el instante de placer que no resultó jamás. Cal y arena, cemento y agua, ladrillos y más ladrillos recubiertos de blanco yeso, para grabar en su superficie las metáforas que no se atrevió ni siquiera a pensar.

La producción desordenada la sorprende sin nervio y en posición de superioridad puede enfrentar su propia crítica. La fermentación del contenido amenaza con enchastrar las últimas entrecruzadas ideas que, peleadas con la realidad, pugnan por sobresalir.

Aldana siente que las pesadillas son la novela que batalla para no crecer, a pesar de que Jean-Paul decía que "el sueño era poesía voluntaria".

Como un hongo surrealista el acertijo se alza a la espera de estallar en el silencio de la casa, y cubrir la trama limpia y sosa con su necesidad.

Agotada, recorre las habitaciones una y otra vez mirando cada lugar y cada mueble a su paso, mientras las manos hacen millas en cajones y puertitas. Un *chifonier* de caoba tropieza con ella en el pasillo; aunque tiene llave, presiente que debe violarlo.

Con un cuchillo entre la madera y la cerradura persuade a su curiosidad recién estrenada. Entonces recuerda la llavecita que vio en el tarro donde guardaba el tabaco para las pipas, la introduce con cuidado y la tapa cae hasta descansar sobre los soportes del costado del mueble.

Seis cajoncitos se abren a su compulsiva investigación, tarjetas, papeles con apuntes, boletas y en el último de la izquierda algunas cartas.

Entre ellas la foto de una mujer con vestido de noche y envuelta en un zorro gris que mira la cámara como prometiendo cosas.

En el ancho cajón del medio, entre libretos incompletos, una bolsita de gamuza color visón que reconoce.

Desata el nudo de la cinta y la traba de corbata que ella le regaló para su último cumpleaños aparece en la palma de la mano.

La esmeralda hacía juego con sus ojos, pensó cuando se la vio puesta en esa ordinaria corbata marrón. Intentó guardarla para no herirse más con los recuerdos y un pequeño papelito doblado en dos chocó con sus dedos. "Ahora es tan tuya como lo fue mía."

Cuánto hacía que las lágrimas no la socorrían en su soledad, pero aquello no era soledad, sonaba como el eco del dolor que se deslizaba por su médula al imaginar el cadáver de Román.

Sin despedida ostentosa de enormes velas y flores que duran una noche, se deshicieron de él para meterlo en un frasco opaco.

Disuelto y unido, ¿cómo hallar coherencia en esas ocho palabras?

Pero ¿era un mensaje o el recuerdo de una tarjeta de cumpleaños?

La vuelve a leer y reconoce que es su letra; no la había firmado y en su arrogancia pensó que él sabía quién se la regalaba...

El hilo conductor que la mueve no está conectado con la realidad, sólo se tensa con cada pensamiento para provocar sonidos dentro de su mente. Nunca supo que fue ella, nunca se la había agradecido, ni le preguntó si le gustaba. Ahora delante de esa tarjeta aquellos versos escritos para alguien imaginario cuando era adolescente, le cosquillean en la boca:

> Qué simpleza la tuya al enhebrar la caricia opaca
> que te mantiene suspendido en territorio ajeno.
> Qué loca carrera hacia el fondo del alma
> hace de tu boca una mueca que no abriga siquiera la caída.

86

No te miras, nadie lo hace. Sólo te rindes con la premura
del que no espera nada de sí.
Qué simpleza la mía al creer que puede mi piel
ir en tu búsqueda.

Una raya vertical que el sol dibuja entre las cortinas empuja la luz
hacia sus pies desnudos, estirados en el sillón.
Mira la palidez lisa de sus dedos sin movimientos, sin sangre...
Obstinada simula estar a esa hora de la tarde dentro de sí misma.
El sonido se detiene y arranca otra vez en la arena blanda; con un
almohadón tapa los bocinazos de esa sonámbula hora, pero las
palabras como una alarma de incendio se unen...
—¡Necesito esconderme! ¡Abrí la puerta, Aldana!
Sumergida en el nombre que no se animó a escribir en la tarjeta,
en el pasado que no le perteneció, y en una sangre que aunque tibiecita
es la suya misma, decide levantar el puente del refugio.

*Si pudieras cubrir todo con un amplio manto de piedad... tal vez
llegarías a entenderme.*

—*Querida, seguís sorprendiéndome.*
—*A mí me ha hecho sentir un tonto, creo que me perdí más de lo que pensé... Voy a hacer un trato con el supremo de este lugar.*

• *"¿Un trato? Qué creía éste poder lograr. Perdió su oportunidad Juan Manuel al no plantar su arbolito en la plaza Victoria."* •

—*En cuanto a esa hembra, no pienso perderla de vista, hay mucho en ella que nadie me mostró, y usted con seguridad no quiso ver.*
—*Será algo para observar desde primera fila, Juan Manuel.*
—*Amigo, creo que tendría que recurrir al ilusionista que le enseñó a conocer su inconsciente; aún puede descubrir qué lo trajo aquí, en esas condiciones.*

• *"Esto es demasiado. Por qué no se irá a su ampolla de tiempo, para poder conocer el motivo por el cual está aquí todavía."* •

—*¿Por qué no intenta encontrar su espacio un poco más lejos de mí?*
—*No sería tan divertido, esto es como un premio, que no pensé que mereciera, después de estar tanto tiempo aquí.*
—*¿Premio? Muchas expresiones me bombardean, ¿pero premio? En todo caso es sólo un escarmiento, por mi mala actuación.*

§ *Cómo explicarle a este hombrecito irresoluto que fui más de lo que pudo enterarse y que por eso llevo ciento y pico de sus años de acompañar a quien, como él, fue llamado a destiempo.* §

—*Lo que no me convenció demasiado, fue la escena suya en mi habitación. Yo lo hubiera desarmado y empujado a la mazorca con sus compañeros.*

—*Cuánta arrogancia desaprovechada. Aldana va a ponerlo en ridículo la próxima vez.*

—*Cuánta jactancia sobre un armado que no es suyo.*

• *"Debo haberme equivocado mucho para tener que padecer a este tío manoseando mi vida.*

Bach, necesito a Juan Sebastián Bach. Podés escucharme... Tratá de rescatarme del silencio que aplasta mi razón." •

—*Preste atención, Román; esa mujer empieza a investigar de nuevo.*

Más lugares la llaman para dar vuelta por la ropa que alguna vez
le vio puesta. Por otros cajones que empujan los minutos y abren
expectativas que no se ven... En el anteúltimo de la cómoda un
revólver plateado de no sabe qué calibre se asoma de una funda de
pañolenci verde. Danza en sus manos mientras seis huecos la miran
desde la brillante superficie del corto cañón.

No huele a nada, su simpleza intimida y la guarda con la nostalgia
del que no ha gatillado nunca.

Un libro del profeta Kalil Gibrán, forrado en papel manteca, deja
ver su cara con el bigote curvo sobre la boca recta y la mirada fija en
ella.

Baraja las hojas de las veintisiete vivencias que relata y ve, en cada
una, palabras subrayadas con resaltador.

Unir, es la necesidad que la atrapa en el misterio inventado de la
mañana.

Cree destapar un mensaje recolectando los versos que se forman
al leerlas de corrido.

¿A quién se le puede culpar de los sentimientos que se intentan
capturar para uno?

> "Mi crepúsculo realmente mi amanecer.
> ¿Podría partir en paz y sin pena?
> Su voz desgarre nuestros sueños.
> Sangra voluntaria y gozosamente.
> Un mar moviéndose entre las orillas de vuestras almas.
> La vida no retrocede ni se distrae con el ayer.
> Como vino será guardado en vasijas eternas.
> La alegría y el dolor vienen juntos.
> Cuando uno de ellos se sienta en vuestra mesa, recordad
> que el otro está durmiendo en vuestro lecho.
> El que daña no puede hacerlo sin la voluntad oculta de todos
> nosotros.
> El culpable es muchas veces víctima del injuriado.

Qué pena impondrías al que destruye la carne y
es él mismo destruido en el espíritu.
Desearías tocar con las manos el cuerpo desnudo de vuestros
sueños.
Nadie puede revelarnos nada que no repose dormido a
medias
en la aurora de nuestro conocimiento.
Vuestro amigo es la respuesta a vuestras necesidades,
no vuestro vacío.
Porque lo que amáis en él
se hará más neto en su ausencia.
En mucho de lo que decís el pensamiento es a medias
asesinado.
El arrepentimiento es el nublarse de la mente
y no su castigo.
Hablásteis no de ella, sino de vuestras
necesidades insatisfechas.
¿Desearías conocer el secreto de la muerte?
Pero cómo lo hallaréis al menos de buscarlo
en el corazón de la vida.
Creed en los sueños, porque en ellos
el camino a la eternidad está escondido.
Y cuando reclame vuestros miembros, es cuando bailares de
verdad.
Sabed pues que del silencio más grande volveré.
Si he de volver con la marea.
Un momento, no más, y mi anhelo reunirá espuma
y polvo para otro cuerpo.
Un momento de reposo en el viento y otra mujer
me llevará consigo."

Una carta cae de las últimas hojas del libro, sobre sus pies desnudos.

Caracas, Venezuela, 16 de diciembre de 1992.

Querido mío:
Este último viaje me ha dejado exhausta, odié el encargo de
mi marido en cuanto lo mencionó.

Sabía que nos alejaría constantemente; claro que los reencuentros son fascinantes.

Regresamos la semana que viene; a más tardar el sábado lograrás de mí lo que quieras.

Hoy me he levantado romántica, recuerdo cada detalle tuyo, quizá te extrañe más que otras veces.

Tal vez hasta reconozca que puedo estar enamorada.

Siempre que releo mis cartas me asombra lo estúpida que soy para expresarme, al contrario de tu maravillosa forma de decir las cosas más insignificantes y las más penetrantes.

Cariño, espero te hayas resignado a compartir la superficie de mí, y puedas recibirme con el ardor de siempre.

Tu mujer

La carta estaba fechada una semana antes de la muerte de Román, y todas pecaban de la misma enferma precaución en la despedida: "Tu mujer".

¶¶ ¿Sería ella la que se encargó del efímero territorio de su cuerpo para protegerse de sospecha? ¶¶

Su desaparición fue como esotérica, casi inmoral en su sentido estético. Ahora sentía que era imposible medir con sus limitaciones la verdad, como también, presentar batalla a las minimizadas huellas que iba encontrando de su vida.

Con el conjuro que hizo de las palabras subrayadas del libro, se negó a reconocer el destierro del hombre que creyó conocer.

¶¶ ¿Y si fuera que se lo indujo a tocar el fuego de los celos y la pérdida de su orgullo conspiró contra su voluntad de vivir?

Detenido en el umbral puede que aún espere el sitio que se le asigna a los cobardes. Amenazado en su pasión quizá desande lo que no logró marcar con su nombre y resuelva formar parte de otros mares para que ella sienta su ir y venir de reproche...¶¶

Román:

Se me ha escapado de entre los dedos el vuelo de los protagonistas, y la trama quebrada no insiste para purificar el pensamiento. Sé que "puedo escribir los versos más tristes" el resto de mis días y así cumplir con la misión de ser

escritora. Puedo renegar también de volver y llegar al mismo
margen conformándome siempre con apenas una simulada
espuma.

Puedo exigir que los dioses soplen mi cabellera y exciten la
imaginación suspendida en el pasado. Y puedo irme donde
quiera y regresar las veces que sea necesario para marcar con
tu nombre la vida que me resta.

Lo que no puedo es detenerme a la espera de una respuesta
porque me convertiría en tu cómplice.

Creí haber hecho las paces con vos en algún momento de esta
historia, hoy me golpean los porqué y no atino a esquivarlos.

Necesito respuestas que me enseñen un paso al sosiego.

Esta novela ha creado en mí a una mujer dispuesta a lavar
culpas, si es que las hubo. Tu vida, que no conocí demasiado, hoy
me llega a pedazos y en mis ganas de pegarlos me tropiezo
descerebrada para hacerlo.

Esas cartas saboreadas por otra abren surcos que no conducen más que a la locura de las deducciones, junto con el
papelito de la traba, que marca en mí las horas que no llenaste.

¿Cuál es el papel que debo interpretar?

¿Qué importancia tengo en tu libreto?

¿Atrapaste mis ojos hacia tu demencia y debo diseñar los
perfiles de tu lucha o tu rendición?

Hoy recuerdo lo que me leíste de Gibrán hace muchos años
en un tren:

> "Yo conocí a un Genio que se mató por una mujer.
> Qué significa este sacrificio imbécil del Genio,
> que es lo más grande que hay en la vida de un hombre.
> Significa lo despreciable que son, el Genio,
> el Hombre y la Vida."

PD: Meteré esta carta en un hoyo muy profundo en la arena,
y cuando salga a la superficie el agua habrá borrado el dolor de
sus letras.

Aldana

Lo siento, Aldana; ya no puedo explicarte nada...

—Aldana, qué es esto, no tenés nada para comer, ¿cómo podés vivir
así? ¿Me estás escuchando o seguís perdida en los capítulos que
faltan?

La voz quieta de su hermano deshace las letras que intentan sofocar una imagen y su mente repite con capricho: "Quiero estar sola".

—No te importa mi problema...

¶¶ ¿Por qué dar una explicación a su comportamiento y entablar
una conversación sin final? ¶¶

—Sé que pensás que fue mi equivocación y debo enfrentarme a las
consecuencias...

¶¶ Empieza a contestarse solo, ésa y no la de ella es la respuesta
correcta a la situación que los envuelve.

No lo conoce lo suficiente, el cariño apenas si alcanza para
justificarlo. No es el momento oportuno para tratar de unir esa
paralela. ¶¶

—¿Cuándo vas a tomar partido, el día que me veas en la cárcel o
me visites en mi tumba? ¿Cómo debo interpretar este silencio de días,
después del abandono en tu departamento?

—¿Me equivoco si pienso que tu problema es de dinero?

—...ellos borrarían mis huellas si les doy veinte mil grandes.

—Te voy a hacer un cheque por veinticuatro que es todo lo que
tengo.

—Gracias; algún día te los voy a devolver.

—Si eso lava tu culpa, no los quiero.

—Aldana, yo...

—Si te interesa tengo un amigo en Centroamérica que puede darte
trabajo.

—¿Trabajo de qué?

—A estas alturas espero dejes tus pretensiones de lado.

—No son pretensiones.

—Sí, lo son; cada vez que la vida te exigió un poco más de lo calculado, escapaste olvidando lo que dejabas atrás. Y siempre hubo mucho que podías rescatar quedándote.

—Esperaba que nunca me reprocharas aquéllo.

¶¶ Ahora puedo hacerlo, como también ver la cara del egoísmo de quien suele siempre desprenderse de algo molesto. ¶¶

—La muerte de ese tipo te ha hecho más dura e insatisfecha que nunca. No te dejó nada bueno.

¶¶ Por lo menos tengo el lujo de saber qué es el amor, hermano; hoy estoy de pie y nadie me volverá a hacer gatear. ¶¶

—Es la despedida, ¿cierto?

—Necesito estar sola.

Había pasado el tiempo de ser una mujer irresoluta, convencida de que el ritmo de su marea sería siempre el mismo. Un saludo armado con alguna sonrisa mal buscada de parte de ambos y el sonido del puente levantándose a la realidad, selló la mañana garabateada de nubes y olor a algas.

Un agrio capítulo quedaba abierto, como los rasguños de la niñez que a veces no se cierran jamás.

Tenía razón el sabio cansado cuando decía:

> *"Sabed, pues, que del silencio más grande volveré.*
> *Sí, he de volver con la marea, un momento no más.*
> *y mi anhelo reunirá espuma y polvo*
> *para otro cuerpo.*
> *Un momento de reposo en el viento*
> *y otra mujer me llevará consigo."*

*Ése es mi premio. Llevame con vos donde vayas, el tiempo quedará
en tu mano cuando la abras y la cierres en camino a mi recuerdo.*

*Abrila al presente, Aldana, necesitan de vos más de lo que yo pude
necesitarte.*

—*Román, ¿por qué no tramita otra oportunidad?; hay tantos
cuerpos que desearían otra alma.*

—*Ha desarrollado compasión, Juan Manuel, me sorprende.*

—*Lleva usted sorprendido toda la novela. Deje a su genio libre y
ofrezca algo valioso a cambio.*

—*Así no se manejan aquí, se necesita más que ganas para regresar
a las lágrimas y al sol.*

—*Tiene razón, se necesita coraje para enfrentar nuevamente el
calor. Mi pase ya está listo, y aun a pesar de nuestras diferencias,
quiero estrechar su mano.*

—*Su pase, ¿ a dónde?*

—*No fue casualidad que estuviera en esta fracción de tiempo con
usted, como tampoco imposible hacer un trato para encontrar nuestro
lugar.*

—*Sueños ingratos me mantienen atado.*

—*Atado, sí, a la cama de aquella otra mujer.*

—*¿Usted no lo estuvo alguna vez?*

—*Sí, pero viví lo suficiente para olvidarlo. Cosa que usted, amigo,
no tuvo el privilegio de aprender.*

Capítulo 31

Lucía Álzaga recorre el jardín con un delantal oscuro sobre el vestido mañanero color lavanda. Lleva un pañuelo cubriéndole el achocolatado cabello y una gran tijera en sus manos.

Octubre sorprende el verde que rodea el caserón con las rosas que sembró su madre y los malvones que se niegan a dejar de existir por todas partes.

Una niñita oscura corre hacia ella y agachándose le murmura algo en su oído.

Transpirado y sucio tanto como su caballo, con el pelo suelto de la acostumbrada tira bordó, trata de sujetar aquella expresión de furia alarmante delante de la muchacha, que lo encuentra sentado en el suelo, junto a la empalizada de las caballerizas:

—Lucía, mataron a los hombres de Montevideo; avisa a los demás...

—Tienes que salir de esa casa.

—Si Rosas lo mandó hacer, ¿por qué aún estoy vivo?

—Quizá ella pidió por ti.

—No confíes en el corazón de esa mujer.

—Entonces es cuestión de tiempo para que te atrapen; pasa la noche aquí y mañana podrás decidir con más frialdad qué hacer.

—No, pondré en peligro a tu familia y a ti; debo averiguar qué hay detrás de este asesinato.

—No vuelvas allí, Federico...

No hubo respuesta; subió a su agotado compañero, estiró la mano para arrancarle el pañuelo de la cabeza y se lo envolvió en el cuello.

La penumbra empieza a enfriar su temperamento, el jugador planea la próxima partida, sabe que sus cartas son pobres, pero bien manejadas pueden sorprender al adversario. Sólo lo acompañan sus ambiciosos ideales que no encajan en un país grande y de gente tan diversa; aún apoyado por muchos militares, demasiados son los enemigos que el unitario no reconoce como tal.

Hace los últimos cuatrocientos metros a pie y sigilosamente lleva

el caballo hasta el pesebre. Antes de salir mete la cabeza y parte de
su pecho en el barril de agua; no siente frío, su sangre rencorosa lo
mantiene alerta.

Sube por la escalera de la galería exterior hasta la habitación que
da al patio trasero. Ninguna lámpara perfila su silueta al traspasar
la puerta con visillos. Se ha quitado las botas, y parado al lado de la
cama comprueba que es inútil lo que se propuso. Como aquella otra
vez, tapa la boca de la mujer que descansa de espaldas y se echa sobre
el cuerpo decorado de puntillas.

Los ojos grises se abren asustados pero se suavizan al reconocer el
rostro, que muy cerca le entibia la piel con el aliento.

—Has cometido otro grave error; de no ser yo, otros harán justicia.

—...mmm...

—No importa lo elaborada que esté tu defensa, no te creeré. Pensé
que mi dolor podría tomar venganza... no temas, aún tienes algo más
de tiempo...

El agua chorreaba de su pelo hacia la cara, sus ojos enrojecidos se
adentraban en aquellos tan grises, como necesitando una respuesta.

—Jamás los llevaré hasta el General, no usarán mi nombre para
ensanchar la lista de traidores. Se necesita más que una ambiciosa
mujerzuela para que me entregue. Díselo a quien corresponda.

La cabeza de ella iba de un lado al otro tratando de decir algo, los
dos brazos sujetos sobre la almohada no le facilitaban el intento de
que la escuchara:

—Dos veces me perdí en tu cuerpo y pagué un altísimo precio,
ahora es tu turno por haber fingido esa rendición.

Se alzó y desde su altura el desprecio detuvo la intención de
incorporarse en Marisabel. Con los pantalones manchados de barro,
la camisa abierta hasta medio pecho, el cabello enmarañado y aquel
asomo de barba que en las sombras lo tornaba tenebroso, se dio vuelta
y sin decir más desapareció a través de la tenue luz del balcón.

La mano que se estiró hacia él cuando la noche marcó la silueta de
aquella espalda, cayó sobre la cara sosteniendo una pena que ni la
almohada pudo ahogar.

El vestido de lanilla azul revoloteaba las faldas con el agitado caminar de un lado a otro de su habitación.

¿Por qué? ¿Por qué ese maldito envidioso tuvo que mandarlos a matar?

¿Por medio de quién había llegado hasta esos hombres en el puesto?

La mañana que Teodoro estuvo allí no la dejaron que se quedara cuando lo auscultaba; ¿era ése el conducto que tenía para ser un federal activo?

¿Fingió la descompostura para recibir órdenes o tramar aquéllo?

Maldito desgraciado. Entró sin llamar al dormitorio y corrió las cortinas con furia; lo necesitaba despierto:

—¿Qué ocurre? ¿Por qué me despiertas de esta manera?

—Los delataste.

—Eran unos salvajes unitarios que comprometían mi nombre.

—¿Eran? Así que estás enterado de todo.

—No sé a qué viene tanta furia; él está vivo, ¿verdad?

—¿Hasta cuándo?

—Tu enojo no es por la muerte de esos malditos, sino porque él se fue de aquí. Ahora no habrá más encuentros en el establo.

—Luis Miguel, siempre pensé que eras un pusilánime, pero ahora descubro que tu postración te ha convertido en un ser despreciable.

—¿Puedes negarme que eres su amante?

—¿Puedes cumplir ese rol?

Mientras lo veía tratando de sentarse en medio de esa amplia cama, pensó en su matrimonio arreglado. En aquel momento había sido muy conveniente, él necesitaba una excusa para sentirse un hombre y ella un apellido legítimo. Pero el asesinato no entraba en tal convenio de intereses, ni siquiera para defender su causa federal.

Alguna vez le había preguntado a ese mismo hombre desvalido cómo podían sacárselo de encima. Ésta fue la respuesta que encontró el señor Sáenz Paz:

—Agonicé veintiséis años, y ahora que conozco el placer de vivir a través de ti, si he de renunciar a ello vendrás conmigo...

La puerta maciza se estrelló contra el marco cuando una guerra interna se gestaba dentro de ella. Si el gobernador estaba al tanto de todo, su vida corría peligro, y la de su marido también, eso la reconfortaba del desajuste emocional que no podía controlar después de escuchar los argumentos de Luis Miguel.

Su paso nervioso por el corredor era seguido por el pensamiento de que en la casa había un contacto con el exterior y debía descubrirlo para ponerlo cuatro metros bajo tierra, antes de que la comprometiera más de lo que estaba.

—Dolores, deja lo que estás haciendo y avisa a Simón que ensille mi caballo.

—Habrá tormenta muy pronto, señora.

—No será tan mala como la que llevo dentro.

A Don Juan Manuel de Rosas:

Me dirijo a usted para darle la respuesta a sus líneas tan
condescendientes. Cuando el doctor Álvarez me las hizo llegar,
confieso que tuve temor de su represalia al estar enterado de
que en mis tierras albergaba traidores a la Confederación.

Luego descubrí que estaba al tanto de mi ignorancia al
respecto, ya que desde esta cama no me es posible cumplir con
mi papel de dueño de casa.

Mi esposa, influida por su rebelde hermano, cometió el error
de callar el chantaje de ese hombre, Federico Hurtado de
Mendoza. Extorsionada con un pagaré por la mitad de "Manantiales" que le pertenecía a José Ignacio Mariscurrena, prófugo
desde hace cuatro años. Nuevamente en su inconsciencia regresa después de haberlo delatado hace tres años, amenazándola
con acabar con su vida.

No puedo asegurarle el motivo que tenían estos hombres
llegados de Uruguay, ya que al querer persuadirlos, prefirieron
morir en silencio.

Desde ya estoy a su entera disposición para lo que guste
mandar; aunque su red de informadores es lo suficientemente
eficaz lo mantendré al tanto de todo lo que pudiera ocurrir con
este salvaje unitario que ha osado comprometer mi buen
nombre.

Sin más me despido amistosamente, sin dejar de recalcar
mi incondicional servicio a la causa.

Viva la Confederación.

Luis Miguel Sáenz Paz

Buenos Aires, 11 de noviembre de 1842

Rosas encarpeta la carta que llegó esa mañana con muchas otras, para testimoniar, cuando fuera preciso, en qué familia se ha de poder confiar en estos tiempos de conspiración y sangre.

Siente a través de sus palabras que ese hombre sabe más de lo que asegura, y trata de salvar a su esposa de la mazorca si es que se comprueba una traición a la causa.

En cuanto al astuto unitario, la sospecha que tiene de ella y de su esposo lo va a hacer regresar hasta "Manantiales"; es entonces que desatando los nudos de las enaguas de Marisabel Mariscurrena, el señor Mendoza lo llevará hasta el Coronel.

La mano un tanto áspera del Restaurador se estira hacia el jarro de agua de Paisandú que reposa sobre su mesa escritorio. Le han asegurado que el dolor puede aliviarse si la toma lo más seguido posible. El doctor Álvarez, que lo acaba de revisar, lo mira servirse el segundo jarrito del líquido curador:

—¿Puedo tomar toda la que quiera, Teodoro?

—Sí, Juan Manuel, y ahora descanse un rato antes de la reunión.

—Doctor, si se cruza con Candelaria, dígale que venga a hacerme compañía.

—¿Cree que le conviene tanta compañía?

—Amigo Álvarez, tome la vida a borbotones, luego puede haber sólo gotas...

Capítulo 32

En una de las giras que acostumbraban hacer los jóvenes a San Isidro, excusa de la época para conspirar contra el tirano lejos de los espías, se desató un duelo.

Lo que se creyó sería un encuentro para aclarar ciertas cuestiones sociales, se convirtió en una agresión verbal hasta que José Ignacio, en mangas de camisa, sacó un pistolón y desafió a aquel que lo había ofendido. Lo sostenía en su mano izquierda a la espera de la señal cuando un niño escondido entre la alta maleza vociferó la llegada de la guardia por el camino real que cruza los pueblos de la costa. Los hombres encabezados por un alto oficial se acercaban a todo galope; fue entonces que cada uno del grupo volvió a su merienda, a la charla amena y despreocupada para encubrir tan ácida discusión.

Las manos del joven duelista oscilaban al esconder el arma en la canasta de comida, seguro de que la querella personal con el frívolo Mendía no iba a quedar sin una respuesta que satisficiera su orgullo. No muy lejos de allí su casa le era extraña por defender lo que creía justo para su país, y ese muchachito de indudable inseguridad no volvería a insultar su apellido. Terminada la inspección de los soldados, no se pudo continuar con lo propuesto y se encaminaron en sus carruajes hacia la ciudad.

En el largo trayecto de regreso, el ofendido unitario hacía una larga lista de posibilidades para demostrar que ése que se decía de una buena familia criolla, tenía doble paga, y por qué no triple, desde que llegara de Europa hacía un par de años.

Desde uno de los carruajes alguien grita su nombre, se vuelve, y un horrendo sombrero escarlata se asoma haciéndole señas para que se acerque.

La misma anciana Rosalía Linares abre la puertita para que suba:

—Estoy a su disposición, señora.

—No te engalles que no voy a ofrecerte a mis nietas. Quiero que sepas lo que se trama con tu hermana. Mi fuente de información no puede ponerse en dudas. Ella corre peligro, y como su pobre marido tiene poco que perder, asusta la idea de lo que vaya a pasar en "Manantiales".

—¿Para qué querría salvarle la vida?

—Para ser mejor de lo que fue ella. ¿No te parece, muchacho?

—Sabe cuidarse sola, creo que ningún hombre le haría daño después de estar unos instantes con ella.

—Me inquieta el cauce que puedo vislumbrar en tus sentimientos.

—¿Va a juzgarme?

—Desciende, ni tu odio ni tu rencor son tales.

—Tenga usted muy buenas tardes, señora Linares.

¿Quién podía juzgarlo? Quién podía saber lo que se desencadenó en su adolescencia cuando los ojos grises de su hermana se dignaban mirar hacia abajo y descubrir la idolatría de un niño que jugaba a ser un hombre. Difícil aprender a esa edad que no se le ama, y que se planea borrarlo de su propia tierra sin siquiera el remordimiento de ser hijos de la misma madre. Pero aquí estaba luchando por su vida, sin la necesidad de reclamar nada. Como simple mortal la imaginación lo llevó a creer que podía llegar a ella de alguna forma. Ahora es un hombre, y carga con su rencor después de haber firmado ese pagaré por "Manantiales". Su primera ebriedad lo marcó de satisfacción cuando el unitario dijo que tomaría posesión de la propiedad ganada. La segunda al enterarse de que ella había perdido algo de su poder en brazos de ese hombre. Confiaba en que conociera el mutilante dolor que nos produce no pertenecer al ser que amamos.

La tercera aún a la espera de los acontecimientos que la destruyan.

La casa sosegada del trajín del día se mantiene silenciosa y en penumbras. El pie trata de no golpear demasiado contra los escalones, no hace falta denunciar su presencia, el amo sabrá retribuirle muy bien semejante mandado si nadie lo ve subir a sus habitaciones para entregarle aquello.

Buenos Aires, 17 de noviembre de 1842

Mi buen y apreciado amigo:

Reconsiderando los últimos sucesos, he llegado a la conclusión de que la única posibilidad de arrestar al salvaje unitario es con la sutil ayuda de su señora esposa.

Considero que ella no se opondrá a tal servicio a la patria, y que usted estará de acuerdo, en la forma que debe hacerse.

No pongo en duda su lealtad, pero uno de mis hombres, muy especial por cierto, se encuentra entre su peonada dispuesto a tomar partido en cuanto éste asome su escurridiza persona.

Es mi deber no dejar impune ningún intento de malograr mi mandato y mucho menos cuando se trata de mi seguridad personal. No dudo de su ingenio para que lo atraiga; es por eso que lo dejo a entera elección.

Me despido, no sin antes asegurarle la absoluta colaboración de mi parte, para que sus campos y saladeros se conviertan en los más productivos y seguros del momento.

Viva la Confederación

Don Juan Manuel de Rosas
El Restaurador de las Leyes

Acostado en aquel camastro se retuerce en el sueño desparejo que le provoca estar escondido durante tanto tiempo. El depósito del puerto mantiene de día un febril ir y venir de personas, pero por las noches, cerrado y vigilado por sus amigos, tiene la seguridad necesaria para que Federico pueda seguir en Buenos Aires.

—Vamos, amigo, despierta; ya es hora de que comas algo caliente.

—¿Trajiste lo que te pedí?

—Sí, pero es sólo para acompañar la comida de Justiniana, no para que se te nuble la razón hasta mañana.

—Deja ya de dar sermones, y venga esa bota.

—¿Por qué no te embarcas un tiempo, hasta que la mano del tirano se acabe sobre nuestra tierra?

—Me marché dos veces; en la primera, Europa me enseñó lo que son las ideas liberales y progresistas; cuando volví me escupieron en la cara, que no era confiable para luchar por mi país. La segunda, al perder todo me refugié como un conejo en madriguera ajena, y no me sentí sano hasta que regresé a combatir a esos caudillos autoritarios, que bajo la bandera federal se sienten protegidos de los unitarios de Buenos Aires. No, nunca más voy a escurrir el bulto, no tropezaré contra piedra parecida.

—La ciudad hierve de indignación, y no sabemos hasta cuándo podremos ocultarte. Siempre hay quien recibe paga de los dos lados; hoy encontraron el cuerpo de Mendía, y su padre culpa a José Ignacio. Ahora mismo están revisando la ciudad para encontrarlo.

—Esta vez no habrá forma de salvarlo si llega a la mazorca.

—Además han dejado deslizar un señuelo para ti...

—¿Qué tratas de decirme?

—En las calles se murmuran cosas sobre el ataque que sufrió la señora de Sáenz Paz...

—¿De qué demonios estás hablando?

—Parece ser que cuando venía para aquí en su compra mensual, la atacaron unos indios sotretas y está mal herida; bueno, eso se dice; de aquí a que sea verdad...

—¿De quién lo has escuchado?

—Lo comentan en todos lados, hasta el Restaurador le mandó una misiva repudiando el hecho y asegurándole que se haría cargo de encontrar a esos malvados.

—Sírveme un poco más de ese vino caliente y agrio, necesito dormir.

Su capa gruesa no puede absorber más, la frialdad llega a la camisa oscura y a sus pantalones ajustados que se pierden dentro de las negras botas. Un sombrero paisano deja que vea sólo unos metros del camino.

No es momento de contestarse ninguna de las preguntas que empujan desesperadamente la lógica y la cordura.

Mantiene el paso regular y fijo, la bota repleta lo alienta a seguir adelante. El líquido ya no tiene sabor, nada más un instante de ardor en su lengua y luego nada.

El viento retarda su paso, seca la garganta y su piel de piedra ya ni gime ni se rebela.

La campana de terminada la labor llega como un silbido, tres veces interrumpido.

Agazapado como gato montés en celo, penetra en el oscuro cuarto de almacenaje para espiar a su contacto; la puertucha cruje y la enorme figura entra con una canasta. Su voz, detrás de los barriles, suena como los goznes de la puerta.

—Dolores, ¿ella está muy mal? No se vuelva, sólo contésteme.

—No lo entiendo, señor; está como siempre.

—¿No fue a la ciudad esta semana?

—No, señor; segurito que es una trampa... debe marcharse...

—Dígale que la espero en el establo, después de la cena.

—No, señor... hay un hombre muy raro dando vueltas por los alrededores de la casa. Debe irse...

—Lo haré, pero después que la haya visto.

Demasiados conjuros, demasiados ojos enhebrados en la figura de esa mujer, que supone estar segura en la hilera de sombras que la llevan por la arboleda, hasta las caballerizas.

—Federico... ¿dónde estás?

—¿Busca a alguien en especial, señora, o quizá puede conformarse conmigo?

—¿Quién es usted? ¿Quién lo envió aquí?

—La paga es muy buena y no suelo preguntar los nombres cuando es así. Ahora, señora, ¿quisiera usted pasar un momento agradable con un mestizo que no se hace preguntas?

—Es usted asqueroso, déjeme pasar.

—Si no me hubiese dicho asqueroso, quizá ya estaría en la casa...

Agazapado detrás de las bolsas de granos, Federico se encuentra arrodillado; le duele el cuerpo por la espera, pero aún más los nudillos cerrados al ver el forcejeo furioso de Marisabel. Su ataque jamás tan premeditado lo lleva a pararse a espaldas del agresor, abrir los brazos y golpearlo con los puños en los oídos dejándolo caer a los pies de ambos.

—Ven conmigo o siempre estarás expuesta a esta clase de hombres.

—No puedo abandonar "Manantiales". Algún día la causa federal le estallará en la cara a Rosas y José Ignacio volverá por lo suyo.

—Pero si ahora es mío...

—En todo caso te esperaré aquí.

—Tu hermano tenía razón, nadie te quitará lo que tu apellido tan bien respalda.

—Sabes poco de mí, éste es mi lugar...

—De acuerdo, serás la dueña absoluta de la nada que te rodea.

—Federico... trata de comprender.

Ya había comprendido. El relincho despavorido del caballo rosillo y las patadas en busca de la salida lo desprenden del rostro de ella. El humo que sube por sus cabezas lo despabila de la ebriedad que intentara disimular.

Se llega hasta las puertas y las encuentra cerradas por fuera, mientras un anillo consume el contorno hasta iluminar sus cuerpos en medio de tanto heno. Los animales gimen y rompen las vallas de los pesebres para correr de un extremo a otro buscando por dónde escapar. Una de las empalizadas cede al lamer del infierno y se derrumba muy cerca de ellos. Ya no hay suficiente aire, sólo una espesa marea los envuelve como el vaho de un dragón, hasta quitarles el aliento.

—Trata de sujetar a tu caballo, sólo esa sangre caliente puede sacarnos de aquí.

—Está demasiado asustado, no podré con él...

—Inténtalo mujer...

Marisabel trata de ponerse delante del animal pero éste no parece verla y debe apartarse antes de que la arrolle en su desatado pánico. Cuando de nuevo corre hacia el fondo del establo lo espera con los brazos levantados y grita su nombre; la bestia reacciona y por segundos detiene su locura. Es cuando Federico le coloca una soga alrededor del cuello y lo monta antes de que inicie el galope hacia afuera:

—Sube, Marisabel, y cúbrete con mi capa mojada.

El segundo tramo de madera comienza a ceder y miles de chispas sobre el suelo desbocan al animal hacia el pedazo de noche que se ve unos metros más allá. El hombre trata de dominarlo, pero no hay forma de detener su corcoveo, hasta que se abalanza y lanza a la mujer hacia atrás. No encuentra la manera de sostenerse y se tira unos metros antes de que pase la arboleda. Corre al cuerpo inmóvil que está sobre la tierra, cuando docenas de personas van de un lado a otro en busca de agua.

Dolores, inconsciente en la habitación del hombre que los mira desde la ventana, no puede evitar que las manos que sujetan el arma de doble caño los apunte.

Ambos de pie, dispuestos a salir de allí lo antes posible, se acercan al negrito que sujeta los caballos de una carreta de trabajo, al costado del caserón.

Cuando Federico la sostiene para hacerla subir, una diminuta bola de hierro y fuego traspasa la columna de la mujer. Ésta cae en sus brazos, rendida a la lucha que no le pertenece, cierra los ojos a la ilusión de la vejez y ni siquiera murmura una despedida, se sumerge vertiginosamente hacia el final. El cuerpo se desploma y, de rodillas como pidiendo por algo imposible, él memoriza su rostro sin huellas de dolor.

Todas las respuestas se amontonan sin orden, y levanta su sangre revuelta hasta la sala donde deposita aquella otra sin calor, en uno de los sillones.

No habrá sorpresa que lo detenga, sólo la calculada cuenta que ha de saldarse lo conduce con desesperación hacia las escaleras.

Patea la puerta con las fuerzas que le da el dolor y frente a sus ojos la cabeza de Luis Miguel se deshace en varios pedazos. El ruido del arma al caer al piso lo sacude de la escena.

A su espalda un hombre armado, a quien aún le suenan los oídos por su ataque, espera el turno de ser atendido. Sujeta sus manos atrás y lo amordaza con un trapo con olor a tierra mojada.

Ni siquiera tuvo la satisfacción de descerebrarlo él. "Perfecto, todo
para el estado." Ésta fue la línea racional que lo acompañó a la
mazorca, único camino para la justificación de Rosas antes de ajusti-
ciar a un unitario.

Federico no había advertido esa estrategia impecable que ma-
nejaba el Restaurador; y que sólo otro federal con agallas podría de-
rrotar.

El último capítulo se desvanece como puntos suspensivos en su corazón. Sin embargo desactivan la contención de las dudas y en las cenizas perdidas busca el material de su propio final...

Necesita desprenderse de los títeres con nombre y savia, con decisión de lucha y poder, para desalojar las horas que prestadas armaron trozo a trozo el título.

Un simulacro de alivio parece alcanzarla cuando termina de relatar esa escena, pero ella sabe que aún falta algo que le hace moños en las ganas de otro final.

La ancha cama de algarrobo con sábanas de raso la suspende de esa fracción de tiempo, donde se manejan las preguntas.

Una luz despareja se hace cada vez más clara a través del ventanal sin cortina, que a sus pies se abre como una pantalla de cine.

Quizá una embarcación que al girar enfoca su reflector hacia la costa, o un sufrido pescador de fin de semana con su farol de noche que está dispuesto a trasnochar. Desde la otra habitación un ruido metálico y nervioso hace crujir la madera de la puerta. Se arroja de la cama tratando de encontrar su ropa mientras el living se ilumina y una voz de mujer pregunta:

—¿Quién está aquí?

Antes de que termine de colocarse el buzo la puerta corrediza comienza a deslizarse y ambas se enfrentan.

Aldana siente que la indignación se hace fuerte en el tono de su pregunta, pero ella se le adelanta con curiosidad:

—¿Quién es usted?

—Alguien a tres metros que se hace la misma pregunta.

Hubiese abofeteado a la intrusa por asustarla de esa manera, por el tono de arrogancia que al entrar le daba derechos ya pasados.

—No es una contestación muy civilizada, para alguien que está usando la casa de Román sin permiso.

A pesar de los ajustados *jeans* y de la campera de cuero, sabe que es la misma mujer de la foto con el tapado de zorro.

Ésta sujeta el cabello con una gorra negra con visera y aunque no

puede ver sus ojos, ni las manos que se mantienen dentro de los
bolsillos de la campera, su intención no es mansa:

—Supongo que será una amiga de él...

—Supone bien.

—¿Aldana, quizá?

—Sí, ¿ahora puedo saber quién es usted?

—Demasiado complicado de explicar.

—Sé a qué vino entonces...

—Cree saber demasiado.

—Están en el *chifonier*.

La expresión de su cara ya no era arrogante, con cierta incomodidad se dirigió hacia el mueble que recordaba muy bien y sacó del tercer cajón las cartas:

—No me parece correcto que usted las haya leído.

—A su esposo debe parecerle lo mismo que se animara a escribirlas.

—No conoce esta casa, si no ya hubiese venido.

Arrancó la gorra desparamando el cabello sobre la espalda, abrió el completo bar detrás del espejo y se sentó sobre el brazo del sillón sosteniendo la copa con ambas manos.

Se la veía tan segura en esa postura inventada, que cada pregunta le quemaba la paciencia.

—¿Qué relación tenía con él?

—¿Con su esposo?

—Con Román.

—De trabajo.

—Ésa no es la respuesta que quiero.

—No hay otra.

—Él solía criticarla, espero no le moleste que se lo diga.

—A mí jamás me dijo que usted existiera.

—Estoy segura de eso.

Ella había movido el tablero y se ponía interesante, con sólo una pieza podía hacer jaque mate sobre la soberbia de la mujer. Claro, si es que se lo proponía.

—¿Usted fue a su entierro?

—No hubo tal, mi marido entregó las cenizas a sus padres en Chile.

¶¶ Estaba en el Pacífico, no en estas orillas. Ni siquiera eso. ¶¶

—Bueno, Aldana, espero que este encuentro se olvide por el bien de ambas.

—¿Por mi bien?

—Es evidente que la novela está aquí.

—No intenté negarlo en nigún momento.

—Eso la compromete.

—Me comprometería si olvidara su presencia aquí.

—No la entiendo.

—No hace falta, y ahora si me disculpa voy a descansar.

—Tal vez volvamos a vernos.

—Eso no me inquieta, señora.

El panel corredizo cortó las palabras con suavidad al entrar al dormitorio, como la sensación de placer de la ropa al salir de su cuerpo y caer al suelo.

Boca abajo sobre la manta india y apoyada en los codos vio el último indicio de la luz de los faros que cruzaban la playa.

La primera intención que la acompañó al bajarse de la cama fue desprenderse del texto. No quería que oliera mal ya que su rol agonizaba a pesar de sí misma.

Las ciento noventa y ocho páginas de la novela pesaban tanto como esa sensación de pena que no quería acabar.

Frente al espejo del vestidor se miró con aquel traje blanco de hilo y la blusa negra con transparencias que nunca se había animado a estrenar. Tomó la carpeta de cuero de Román en la cual él aprisionaba las historias terminadas y salió a la calle.

No sacó el auto y caminó por el viejo San Temo saboreando su tibieza. Cuando encontró la sonrisa adecuada para enfrentar a la innata estupidez del editor, subió a un taxi. No eran más de las once de la mañana cuando traspasó la puerta del escritorio de Mauricio López.

Regordete y algo sudado extendió la mano hacia ella, acompañándola con un gesto de enojo:

—¿Qué necesidad tenías de irte con los originales?

—Acá los tenés.

—¿Y cómo sé yo que no los cambiaste en algo?

—No lo sabrás, lo importante es que están ahora en tu poder.

—Espero que sea buena. Te estuve buscando, pensé que podías haber ido a Chile.

—¿A Chile?

—No sé, yo no quise ni llamar, después de llevárselo en un frasco.

—¿Fuiste solo?

—No, me acompañó mi mujer.

—¿Por qué no me avisaste?

—Se hizo muy apresurado, María tenía un viaje programado a Venezuela para esos días. Recién acaba de llegar.

—Mauricio, lo que te acabo de entregar es una copia, el original me lo quedo para estar segura de que no intervendrás en ella. ¿De acuerdo?

—¿Qué querés decir con eso? ¿Acaso te creés la dueña de la novela?

—No, pero quiero que se respete lo que él escribió, eso es todo.

María, el nombre resonaba dentro del ascensor vacío, en las veredas y en el tránsito que la envolvía al cruzar la calle.

Ahora sí rellenaba los huecos que no pensó que existían, y coloreaba su historia con tonos de decepción.

Pero ya había logrado llegar a la otra orilla, delante de ella un terreno fértil se abría para que sus pasos no se hundieran.

Mientras en el escritorio que acababa de abandonar otra era la decepción que manoseaba la seguridad de Mauricio López Miró.

Los ojos pequeños de aquel invento de editor se agrandan y se achican con disgusto al leer el final.

¿De dónde había sacado esa idea loca? ¿Podía elegir cómo imprimirla?

La amenaza de Aldana sobre el original empezó a tener consistencia cuando aquello lo puso en una encrucijada.

¿Qué participación tenía Aldana? Necesitaba pensar... Su padre no tenía que enterarse de todo eso, le reprocharía no manejar la editorial con mano fuerte, como él lo hubiera hecho.

Pensar, cómo vas a hacer eso, muñeco de corcho, hace falta más que una duda para llegar a lograrlo.

Tenés la habilidad de la idiotez en gestación continua, y esa mujercita te puso en un aprieto.

Aunque el camino será el más fácil, soportarás el dolor de cabeza un rato y después tu vida seguirá igual...

Lo que más me gustó fue la presión de memorizar el parloteo con Aldana, eso seguro que te dará otra forma de teatralización delante de tu padre.

No insistas, no hay nada que tengas que decidir, la novela debe terminar así, como ella la escribió.

A AQUEL QUE LLEGÓ AL FINAL DE ESTA HISTORIA,
LE DOY LA OPCIÓN PARA QUE SE SUJETE
DE AMBAS RIENDAS.

Capítulo 32

La casa hace un par de horas que se encuentra en total oscuridad; entonces él empieza a comprender cuando el relincho del caballo de Marisabel lo desprende de las incesantes disculpas que se inventó.

El humo sube por su cabeza ahuyentando la posible ebriedad. Las puertas cerradas por manos de afuera y un anillo que consume el contorno del establo ilumina su cara en medio de tanto heno y madera.

Los animales gimen y corren despavoridos de un extremo a otro cuando una de las empalizadas cede y se derrumba. No hay aire, sólo una marea gris que lo envuelve quitándole la necesidad de salir.

Manotea una soga que está a su espalda y forma un lazo para ponerse delante del caballo que al bajar sus patas delanteras sobre su cabeza, él aprovecha para enlazar y subir de un salto.

Reacciona corcoveando cuando miles de chispas sobre el piso lo desbocan hacia el pedazo de noche unos metros más allá.

Trata de sostenerse sobre el lomo en la carrera que toma hacia la casa, mientras docenas de personas a su alrededor intentan sofocar aquello antes de que el viento lo lleve al casco de tan digna familia.

Sube las escalinatas hasta el gran vestíbulo con el desatado caballo y grita para provocar una respuesta:

—Vamos, mujer... aquí estoy. Que nada te detenga en tu misión...

Un arma de doble caño lo apunta desde lo alto de la escalera, el hombre apenas puede sostenerla con la poca energía acumulada en sus años de reposo obligado.

La mano de Federico sobre el mango de la pistola se aprieta a la espera de usarla, cuando desciende del nervioso animal y le golpea las ancas para que se aleje:

—¡Vaya!, he aquí el espía de Don Juan Manuel.

—Éste es el momento en que debo actuar como el amo de estas tierras y de Marisabel.

—¿Amo usted de esa mujerzuela?

—Mientras quede claro a dónde pertenece ella, lo demás no importa.

El fogonazo remarcó la última sílaba, sorprendiendo el cuerpo del unitario que cayó boca abajo sobre el primer escalón. Lo que no pudo ver fue que la patada de retroceso del arma hizo caer a Luis Miguel hasta el medio del amplio salón de entrada.

El silencio como fabricado, graba la escena de ambos en el piso, cuando el tajo que desde la frente hasta medio rostro lo mantiene casi inconsciente y produce en Federico el leve movimiento en los brazos para levantarse.

Nadie parece sorprendido por lo que acaba de ocurrir, sube peldaño a peldaño, con el arma que no llegó a usar, lista en su mano derecha.

La puerta de la habitación de Marisabel está abierta; junto a la ventana, de espaldas, ella observa el candente espectáculo de la noche.

—No hacía falta esa farsa, tú podías haberlo hecho en nuestra cita en el establo.

—La única farsa es usted y yo... juntos.

El vidrio humeado de esa ventana lo dibuja en su intención cuando la apunta y el montón de tela roja que envuelve el cuerpo inmóvil de Dolores a un costado de la cama, lo distrae.

Su mirada regresa a la cabellera oscura que está sujeta por una cinta azul claro y hace juego con el vestido de algodón repleto de volados.

—¿Qué le has hecho a Dolores?

—Todo no es lo que parece, a sus ojos y a los míos esto tiene diferente final.

El suave revuelo de sus faldas no anuncia la pequeña pistola que ella dirige al pecho del hombre. La camisa absorbe parte de aquella sorpresa y dolor. Sus ojos parecen que sonríen cuando mira el arma que cuelga de su brazo mientras quiebra las piernas y otra mirada fija lo acompaña hasta el piso con un ruido opaco.

De las sombras un hombre aplaude la escena, cuando ella se vuelve hacia la ventana para borrar aquello bajo los párpados, al abrirlos su rostro la mira asombrada desde el vidrio por lo que acaba de hacer.

—Señora de Sáenz Paz, tenga por seguro que mi señor recibirá
todo lo sucedido con exactitud. Y sabrá entonces cómo retribuirle este
mal momento que acaba de pasar.

—Gracias, oficial; ahora quisiera estar sola, pero antes de
marcharse retire el cuerpo o no podremos sacar la mancha bordó de
la madera.

Buenos Aires, 30 de noviembre de 1842

A la señora viuda de Sáenz Paz:

Muy complacido por sus servicios a la patria le hago llegar a través del doctor Álvarez la Orden de Honor que muy merecidamente le otorgo a las personas que bien saben cómo actuar contra los rebeldes unitarios que azotan nuestra provincia.

Como bien le aseguré a su difunto esposo reitero mi incondicional ayuda y protección a sus campos y saladeros, para que juntos hagamos una tierra fuerte y poderosa.

Me despido de usted no sin antes darle mi pésame por tan irremediable pérdida.

Viva la Confederación

Don Juan Manuel de Rosas
El Restaurador de las Leyes

EPÍLOGO

Soy un invento de tu grata imaginación, ahora pertenezco al mundo.

Soy el habitante de tu alma que hace resonar la risa en los muros limpios del recuerdo.

En esta inmensidad donde me balanceo puedo darme el lujo al que no me atreví antes. Dormir a la intemperie con los brazos abiertos y no renegar de las ideas que no se concretaron.

Escribir tu nombre con mi cuchillo de hueso en las puertas entornadas y en la que está cerrada dentro de mí.

Americé en el Pacífico sin pruebas, sin necesidad de saber por qué, neutralizando mi sangre nostalgiosa para que tus burbujas ideadas no me dejaran perder.

No más sueños me mantienen atado, los deshiciste nudo a nudo para que fuera libre de todos ellos...

Como chatarra espacial vaga la indiferencia y la razón de ser, hasta desintegrarse en mi propio sol.

Aldana, confieso que ahora sí, soy el dueño de mis absolutos grises y azules.

comienza, mientras otros
esperan dispararse hacia
la luz.
En búsqueda constante la
Facultad de Filosofía y Letras
la ve recorrer cátedras de
análisis literario, seminarios,
conferencias y cursos de
narrativa y guión que la
lanzan dentro de su propio
estilo.
Como anónima oyente entra y
toma ideas, sale y escribe.
Sólo necesita de los lectores
para ser real.
Susana Alicia Vieri, nacida en
Buenos Aires en 1953, es hija
de padre argentino y madre
brasileña y nieta de
inmigrantes andaluces, que le
transmitieron alguna que otra
nota del fandango de sus
vidas.
La complicidad con su obra la
lleva a no dejar nada
inconcluso: se editará
próximamente **La zaga de
los Liñán**, donde el mismo
personaje de la presente
novela relata la historia de
esa familia.
La autora integró las
antologías **Cuentos que aún
cuentan**, Embajada de las
letras, 1994 y **Trama**, Arje y
La ventana, 1994.
Sus cuentos fueron premiados
en el Primer Certamen
Internacional de Literatura
Julio Cortázar y en el Primer
Concurso de Literatura Miguel
de Cervantes Saavedra.

til entramado de esta novela nos
arrastra a vislumbrar los sangrientos
episodios de la época rosista y nos propone
una mirada retrospectiva al universo que
nos conecta, ineludiblemente, con nuestra
identidad nacional.

El quiebre temporal es el recurso que
habilita a la autora para yuxtaponer dos
dramas: el que circunda al acto de creación
de la novela que imagina el personaje y el
relato en sí que, como círculos concéntricos,
se expande hasta diluir las fronteras que
separan la realidad de la ficción.

La historia, desbordante de pasiones,
desnuda la condición humana y estalla en
una orgía de amor, odio y desencuentros
que protagonizan sus personajes.

Con sorprendente solvencia, la autora
despliega un abanico de pasados posibles
en un juego especular que seduce al lector
desde la primera línea.

Julia Chaktoura